# TIRESIAS

## EL PROFETA DESCONOCIDO

ExLibric

GAETANO CINQUE

# TIRESIAS

# EL PROFETA DESCONOCIDO

EXLIBRIC
ANTEQUERA 2025

**TIRESIAS, EL PROFETA DESCONOCIDO**
© Gaetano Cinque
Diseño de portada: Dpto. de Diseño Gráfico Exlibric

Iª edición

© ExLibric, 2025.

Editado por: ExLibric
c/ Cueva de Viera, 2, Local 3
Centro Negocios CADI
29200 Antequera (Málaga)
Teléfono: 952 70 60 04
Fax: 952 84 55 03
Correo electrónico: exlibric@exlibric.com
Internet: www.exlibric.com

ISBN: 979-13-87707-07-1
Depósito Legal: MA 359-2025

Impresión: PODiPrint
Impreso en Andalucía – España

Nota de la editorial: ExLibric pertenece a Innovación y Cualificación S. L.

GAETANO CINQUE

# TIRESIAS
# EL PROFETA DESCONOCIDO

*Para Loretta, intérprete de mi porvenir*

# Qué es el mito hoy

«Nuestra época es una consumidora de mitos; no tanto porque los crea, sino porque los reutiliza y continuamente hace referencia a ellos». Así escribe Giulio Guidorizzi en su *Edipo* (2021). Cada vez que se cuenta un mito este cambia un poco. Ha sido siempre así desde la antigüedad. El mito presenta una materia candente en torno a temas universales que toman formas en apariencia diferentes, sin embargo siempre estimulantes y cautivadores. Los mitos desarrollan asuntos abiertos, entre los que puedes encontrar recorridos nuevos que ayudan a reflexionar en cada época.

Por eso se dice que el mito, cualquier mito, habla siempre e interacciona con la vida de las personas de cada tiempo y de cada lugar.

Además, como felizmente ha dicho Andreas Barella en su obra *Orfeo e Euridice* (2019), cuando un autor moderno se acerca a los mitos es como si se encontrara con dos escrituras por las que han sido transmitidos, una con tinta negra y otra con tinta blanca. La blanca ofrece más libertad de novedad y transformación, mientras que la tinta negra representa el pilar del contenido del mito que se mantiene estable a lo largo de los siglos.

Y así ocurrió con esta novela sobre el mito de Tiresias.

He recogido los núcleos de varios mitos, los he entrelazado en referencia a la tradición del personaje mitológico del profeta y, gracias a la tinta blanca, he desarrollado la narración con nuevos argumentos y nuevos perfiles más cercanos a la sensibilidad contemporánea.

*Ves a Tiresias, que mudó de su aspecto,*
*cuando de masculino femenina se volvió*
*cambiándose los miembros todos ellos;*
*y antes, después, volver a sacudir le ocurrió*
*las dos serpientes enrolladas, con la vara,*
*que recobrara el pellejo masculino.*

DANTE
*Inferno,* XX, 40-45

*Como decía más atrás, este libre albedrío no consiste en que*
*tengas más o menos opciones entre las que elegir, sino en el*
*supuesto hecho de que tu elección entre dichas opciones posee*
*las siguientes características: a) que podrías haber elegido una*
*opción diferente a la que de hecho has elegido, y b) que tu*
*elección ha sido autodeterminada, o sea, que tú has sido el*
*causante y responsable último de haber tomado esa decisión,*
*que nada te ha forzado a ello, ni siquiera el azar.*

JESÚS ZAMORA BONILLA
*La nada nadea* (Deusto, 2023)

*Para quienes creemos que los seres humanos son simplemente*
*animales, no puede haber una historia de la humanidad, sino*
*solo las vidas de humanos específicos.*
*Hablamos de la historia de la especie únicamente para de-*
*notar la incognoscible suma de esas vidas. Como ocurre con*
*otros animales, algunas vidas son felices, otras desgraciadas.*
*Ninguna tiene un sentido que vaya más allá de sí misma.*

JOHN GRAY
*Perros de paja* (Sexto Piso, 2023)

# 1

# Contienda entre los reyes del Olimpo

—Soy la luz, la plenitud, la vida. La felicidad de los mortales está por mí. Todo lo que ocurre a los humanos, el bien, el éxito, la suerte, está por mí. Sin mí hay la nada, y aun los que existieran sin mí, ¡lo que no puede ser!, se encontrarían en un callejón sin salida. Soy Zeus, dios de los cielos, padre del sentido de la vida, que tiene las claves emocionales del placer y cumple sus promesas de gozo y felicidad.

—¿No crees, mi querido, que ahora estás exagerando? ¿Dónde están Ananké y todas las leyes del mundo, que no pueden mudarse ni siquiera por obra tuya? ¿Puedes hacer algo de lo que las diosas Moiras hilan como destino de cada mortal? ¡De seguro, no!

Hera no puede soportar más la soberbia de su marido, Zeus. Sin embargo, aunque podría ser orgullosa de su poder, no puede compartir que se alabe de tal manera que raya en desvergüenza.

Ella le quiere aún, contra viento y marea, pero ¡sanseacabó! Zeus debe tomar las riendas de su vida tan licenciosa, que da mal ejemplo a todos, dioses y mortales.

Zeus estaba encantado por la belleza femenina y le gustaba mucho halagar a mujeres hasta que conquistaba un coito acalorado que llevaba críos aquí y allá. Para seducir no empleaba su majestad, ni siquiera sus rayos ardientes, encerrados en el cuarto prohibido a todos los dioses del Olimpo.

Gozaba caber en el pellejo de cualquier animal del que adquiría los rasgos para acosar sexualmente a la presa designada. No solo le agradaba lo prohibido, sino que quería con esa estrategia del disfraz no ser visto por su mujer, muy celosa, y además que él, rey de los cielos, no pareciera esclavo de los gozos sexuales.

Desde hace tiempo todo marchó bien: fijaba una cita, daba y tomaba placer. La metamorfosis pasaba desapercibida, hasta que su esposa descubrió el engaño y ya no fue igual.

Hera aprendió a reconocer a los animales bajo cuyas falsas apariencias se ocultaba el marido traidor. Por lo tanto, toda aventura amorosa de Zeus provocaba peleas furibundas.

Entonces al rey de los dioses no le quedaba más remedio que ablandar a su mujer con adulaciones y declaraciones de fidelidad conyugal. Practicaba con su mujer las artes de seducción, convencido de que el orgasmo de sus coitos pudiera darle el máximo placer sexual, no menos que a sí mismo. Lo que no siempre iba bien, así que todo concluía en una larga pelea por celos, que apuraba a los vecinos del Olimpo, pero no sin algunas sonrisas.

—Mi querido, ten la cabeza en su sitio —se sonroja Hera—. A mí, que soy tu esposa, los mortales me honran como protectora de la familia y de la dignidad femenina. Debemos dar prueba de honestidad y coherencia. La mujer no puede seguir viviendo con la sospecha de que su marido disfrute cuerpos excitantes. Y esta exuberancia masculina es un verdadero acoso sexual, que trae sufrimiento.

—Eso es lo que tú piensas —declara Zeus, agarrando la ocasión por los pelos para explicar al final todo lo que atañe al placer y al sexo. Quisiera concluir el asunto sobre el cual la pareja tiene opiniones diferentes desde hace mucho tiempo—. Mira —añade el rey del universo destacando cada palabra—, las mujeres son más apasionadas, muy disponibles a la tentación masculina y agradecen las aproximaciones sensuales y excitantes de los varones.

Hera tiene un pronto de rabia por esos asuntos que infectan los sagrados presupuestos de la familia y del hogar. Según ella, la mujer debe estar sometida al placer del varón solo para originar otra vida, pero no puede gozar sexualmente fuera de la fecundación.

—Esta consideración tuya es grosera y enredada —grita la diosa—, es una violación hacia mujeres, las engañas para tomar el gozo sexual que es solo del macho. El deseo masculino no respeta los sentidos femeninos. ¿Sabes qué quieren las mujeres? Amistad pura, el noble sentido del respeto. Así que no inventes historias, y si estoy sometida a galanteos tuyos lo hago no por mi placer, sino para impedir que tú vayas alrededor del universo entero detrás de faldas femeninas.

Zeus quiere mantener la calma para no llegar a la enésima pelea, que sería grotesca. Él, rey de dioses, tiene que expresar serenidad, la que es propia del Olimpo. Y así intenta formular con claridad su pensamiento, a fin de que su esposa, después de todo, tenga en cuenta cómo son realmente las cuestiones sexuales.

—Mi querida —revela Zeus con voz muy calmada—, las mujeres que quiero a mí me hacen comprender enseguida que sienten mucho gozo sexual al acostarse conmigo, copulan con demasiado gusto.

—Sí, pero ¿cuáles mujeres? —objeta Hera, levantando la voz hasta que empieza a mugir—. Tus amantes son mujeres que se acuestan contigo por conveniencia y por interés material, verdaderas prostitutas.

—Es indecoroso lo que dices, estás poniendo en un rincón a la diosa Afrodita y a su hijo, el orgulloso Eros. Mira lo que hacen las dos divinidades por el gozo carnal, tanto para los seres humanos como para nosotros aquí en el Olimpo.

Hera se encoleriza más. La contienda se va a convertir en riña furibunda.

—No tengo nada que compartir con Afrodita, tampoco con Eros. Difaman a los seres divinos. Ares, Atenas, Apolo: estos sí que son dioses dignos de la majestad olímpica. Tú, en cambio, quieres ser rey de dioses que gozan de mala fama. Afortunadamente, estoy yo para equilibrar la situación, con la honestad, el amor hacia la familia y con la fidelidad, evitando así el papel de un Olimpo degradado e inmoral. Las mujeres, por tu manía de sexo, están siempre constreñidas a simular un placer inexistente.

Zeus no quiere compartir esta última aserción.

—¿Quieres decir, entonces, que la mujer no goza en el coito, que no tiene deseo de aparearse y lo hace solo por sometimiento y por obediencia a los efectos de la continuación de la especie humana y divina? ¡Todo eso es absurdo!

—Tú quieres atribuir tus sentimientos a nosotras que tenemos otra sensibilidad, muy diferente a la de los varones. Vosotros sois brutos, groseros, faltos de delicadeza.

—¡Vale! Dejemos de lado esta comparación y centrémonos en nuestra suposición —declara con placidez Zeus—. Tú dices que las mujeres no sienten ningún placer en la relación sexual y que aceptan el coito solo por sacrificio y por obediencia. Yo, al contrario, digo que las mujeres no solo desean la relación sexual, sino que sienten un placer superior que el placer que sienten los varones.

Hera está molesta. Su cólera mengua, dentro de sí experimenta un extraño desasosiego. La idea del placer sexual de las mujeres está en contra de las sagradas costumbres que protegen la dignidad femenina.

No es posible compartir que las mujeres puedan sentir goce sexual en el sexo: ¿dónde están la ética familiar y la moral más profunda de la conciencia humana y divina?

—Mi esposo, ¡ahora estás exagerando! Sé adónde quieres ir a parar. Ya te veo ante la enésima traición, que intentas justificar como altruismo de tu parte y misión divina para llevar alegría sexual a las mujeres. Es un sacrificio sexual el tuyo, quieres afirmar, porque las mujeres de que gozas no son víctimas tuyas, sino las que reclaman para sí amor sexual. ¡Eso es algo absurdo!

—Mi esposa, ¿quizás tú en nuestra relación sexual no gozas? —Zeus porfía—. Por favor, dime, entonces, ¿qué sientes cuando, después de mi larga seducción, al final haces el amor conmigo?

—¿Qué siento? ¡Pregunta impertinente! Lo que ocurre dentro de mí me pertenece y jamás podría ser revelado a los demás, es propiedad de mi corazón y de mi intimidad, que nadie deberá profanar. Yo soy Hera, la diosa de la familia, protectora de la honestidad y fidelidad femeninas y defiendo con todo mi ser la legítima relación de amor en la pareja para la procreación humana y divina.

Zeus contraataca:

—Has ido más allá —declara de manera enérgica—. No tú, pues Eros y Afrodita garantizan las especies, la humana y la divina. Ellos son la sustancia, tú eres solo forma, que demasiado a menudo se cubre con celos y venganza. ¡Basta ya! ¿Por qué no quieres decirme cuánta es la intensidad de tu placer en el coito conmigo? Serviría también aceptar una relación sexual tuya con otro amante que no sea yo, si eso fuera útil para que entendieras las fuertes emociones que la naturaleza del sexo te concede. Estoy convencido de que son emociones magníficas y que tu placer supera el masculino. Me gustaría mucho descubrirlo y probarlo.

—¡Basta ya! Lo digo yo —grita Hera—. Nosotras simulamos en amor. Las tuyas son solo mentiras.

A estas alturas no hay nada que hacer. Es una pelea furibunda sin posibilidad de conciliación. El rey de los dioses decide quedarse callado para bajar la tensión. Igualmente Hera guarda silencio por largo rato.

Finalmente Zeus, tomando un tono más conciliador, sentencia:

—Nos encontramos en pequeño lío. ¡Lo siento! No me alegra verte en dificultades, tú, que no solo eres esposa, sino también hermana. Por eso me gustaría resolver este enigma para el bien de los mortales, además de los dioses.

—¡Es solo un capricho tuyo! —comenta Hera.

—No, no, este es un debate muy importante —precisa Zeus, que agrega—: No creo que podamos resolverlo nosotros dos, aunque seamos los reyes del Olimpo. Necesitamos de un juez imparcial, un tercer sujeto que pueda exprimirse de manera equilibrada. Podría ser nuestra hija Dice, la diosa de la justicia.

—Deja en paz a nuestra hija —interrumpe Hera—. Tiene otras cosas más esenciales en las que pensar.

—Es verdad, nuestro asunto no se refiere al derecho jurídico, sino a la condición femenina y, por lo tanto, al pensamiento filosófico sobre la sexualidad humana y divina. ¿Quién, entonces? Quizás alguien fuera del Olimpo, pero ¿quién? —Reflexionando así, Zeus intenta una maniobra de seducción sexual a su esposa, que es inmediatamente bloqueada.

—¡Párate! —le manda la diosa, que enseguida añade—: No creo que pueda existir alguien que sea capaz de resolver nuestra contienda. Además, quienquiera que elijamos para darnos la sentencia tiene un género y es cierto que si es macho dirá que son las mujeres las que gozan más en el coito para difamar el género femenino…

—¿Y, entonces, si es mujer la jueza, en cambio, dirá que son los varones los que gozan más? —observa sarcástico Zeus, que ya ha renunciado a su arranque sexual—. ¿No nos queda otra solución que recurrir a quien sea de género masculino y femenino? —pide con ironía el padre de los dioses.

—Como tú mismo ves, nuestra contienda es inútil y no otorga honor a los dioses. ¡Basta ya! No quiero continuar —concluye Hera.

—¡Un momento! —grita Zeus, por una repentina intuición divina—. Tengo a la persona justa para nuestro caso, porque ha sido hombre y mujer. Ha conocido bien la condición masculina y la femenina.

—No existe un individuo símil —rebate Hera—, a menos que te refieras a un hermafrodita, que es un ser poco confiable.

—No, no es un hermafrodita, sino una persona que ha vivido en dos momentos diferentes los géneros de la naturaleza humana. Así puede decir cuándo ha gozado más en las relaciones sexuales, si cuando era macho o cuando era hembra.

—Es locura pura. Ningún viviente puede cambiar su naturaleza sexual. Es el orden nuevo que tú mismo pusiste, el que establece los dos géneros para la reproducción de las especies.

—En la vida no se pueden excluir excepciones extraordinarias, y la persona en la que pienso pertenece a esta categoría de personas.

—¿Quieres decir que una persona transexual es una persona extraordinaria, especial? Ya te dije que es locura pura.

—Esta persona excepcional se llama Tiresias, es tebano, hijo de Everes, del linaje espartano, los que fueron fundadores de la ciudad de Tebas, y de la ninfa Cariclo. Este ha vivido por siete años la condición de mujer, tanto es así que durante este periodo femenino también tuvo la experiencia de la maternidad al dar a luz a su hija Manto, a quien ama mucho y con quien vive, incluso después de que él volvió a ser de género masculino.

—Tú, rey de los dioses —pregunta irritada Hera—, ¿por qué has permitido algo innatural?

—El portento no siempre se puede dominar. Y, por otro lado, sí se puede concebir una transmigración sexual —explica Zeus—, lo que fue efectivamente muy particular es que el milagro permitió al transexual volver a su condición de género anterior. Sin embargo, preferí no interferir en esta maravilla y, como es mi estilo, quise respetar al destino humano.

—¿Cómo puede ser un juez imparcial alguien que ha tenido solo un paréntesis breve en la condición femenina? ¿Qué puede saber del sentido de las mujeres que se plasma desde el nacimiento?

—Te digo que Tiresias nos puede ayudar, porque tiene todos los elementos para juzgar.

—Al final, ¿cuáles son esos elementos que convierten a Tiresias en juez imparcial? —pregunta picada la mujer divina.

—En primer lugar, haber transitado entre los géneros de la especie humana; en segundo lugar, ser hijo de una ninfa; en tercer lugar, entregarse como hombre de pensamiento y de cultura de vida, con profundas reflexiones sobre el destino de los mortales y muy interesado en el arte divino y con gran deseo de ver a su hija Manto como una renombrada clarividente.

—De todos esos elementos, solo uno para mí es importante, el del linaje; los demás son azarosos. Tiresias no puede ser, entonces, un juez imparcial.

—¿Una mirada hacia el futuro, una cultura con profundas reflexiones y un amor tan intenso por su hija son elementos inútiles para la dignidad de una persona? La reina de los dioses no puede sostener semejante idiotez. Así y todo, Tiresias es el juez justo porque ha sido un transexual y conoce bien los dos mundos, el de los hombres y el de las mujeres. Resígnate, mi querida, porque voy a enviar al mensajero Hermes para invitar al tebano Tiresias a venir aquí con nosotros en el monte Olimpo.

—¡No puedes hacer esto! —estalla la diosa Hera—. Es algo oprobioso tener en nuestro sitio divino, en el monte Olimpo, a un transexual. Y tú, rey de los cielos, ¿lo permites?

—¡Basta ya! Tu prejuicio es el mismo que el de los humanos que causan daño a la ciudadanía. Los prejuicios apartan las personas de la felicidad. Tiresias vendrá aquí y será bien recibido, porque su experiencia transformadora lo ha hecho agradable a los dioses. La sentencia que dictará será incuestionable y pondrá así fin a nuestra disputa.

Hera sacude la cabeza. Sabe que su oposición a Zeus tiene un límite. Sin embargo, comenta:

—No comprendo por qué das tanta importancia a lo que es solo un detalle de la vida conyugal, que está destinada a muchas otras tareas que no simplemente a permitir a la pareja disfrutar del placer de las relaciones sexuales.

Zeus pasa por alto el comentario de su esposa y manda llamar al mensajero Hermes.

—Hermes —dice Zeus, y cuando lo tiene delante añade—: Tienes que ir a Tebas para traer hasta aquí a Tiresias, hijo del pastor Everes. El hombre habita no lejos del bosque sagrado para los dioses y vive con su hija Manto, que está entrenándose para convertirse en clarividente. Tiresias debe venir solo. Después de un momento de resistencia te seguirá. Es un hombre acostumbrado a las maravillas que suceden en su vida diaria.

Una vez que Hermes se ha ido, la reina de los dioses observa:

—Cuando tengamos a nuestro invitado frente a nosotros me gustaría ser yo quien haga la pregunta sobre nuestro debate, porque no confío en ti, podrías hacer la pregunta de manera que influya en su respuesta.

—No hay problema —declara Zeus—. Tiene que ser clara la pregunta, y clara tiene que ser la respuesta: en amor, ¿quién goza más, el hombre o la mujer?

—¡Para la mujer no hay placer en amor! —reitera impávida Hera.

—¡La mujer goza más que el hombre! —responde con decisión Zeus, que añade—: Solo nos queda esperar a nuestro juez, que dictaminará definitivamente el asunto.

—Es muy difícil soportar una vida que estalla de repente. ¿Soy yo o no soy yo?

—No tener malos pensamientos —me dice Manto.

—¿Por qué hablas de malos pensamientos? Mis pensamientos no son malos —digo yo.

—No, padre, son pensamientos que te agobian. —Después añade—: Para mí, ser hija de quien ha sido primero madre y luego padre me encanta. Estoy feliz, siempre.

Sacudo la cabeza.

—¿Qué es normalidad? —pregunto—. ¿Qué otro portento encontraré?

—Padre, lo que te ocurre es señal divina, ¿no te parece?

Sacudo la cabeza. No quiero reflexionar más sobre mi vida, lo pienso pero no se lo digo a mi hija.

—Mi esperanza es que tú alcances fama y suerte como clarividente. No sé si lo que aprendes en Tebas es bueno para ti, pero ya muchos te buscan para leer su futuro.

Mi hija me acaricia la cara y me dice:

—Tú para mí eres una escuela verdadera para la formación humana e intelectiva.

—Cada uno tiene su destino —digo yo—. ¿Cuál es? Esa es la dificultad. Tú, hija mía, quieres ayudar a los demás con tus actos de clarividente. Comprender el porvenir permite buscar unas herramientas para contener los efectos destructivos del destino. Porque, hija, es bueno saber que no hay libre albedrío. Es más fuerte lo que las diosas Moiras hilan.

—Si no hay libre albedrío, ¿entonces cómo puedes modificar el destino? —pregunta Manto. Y añade—: Es cierto que es importante conocer el futuro antes, pero ¿después?

—No se puede improvisar. Hay muchos charlatanes, todo se pone difícil. Conocer es entrar en la naturaleza humana. Tienes que saber con claridad cuáles son las pasiones humanas, cuáles los deseos, cuáles las debilidades. Así —digo de manera rotunda—, si no puedes cambiar totalmente el destino, podrás defenderte saliendo fuera y desviándote de la ruta que las Moiras han hilado.

Siento una presencia, la veo alrededor. Tengo miedo, pero no debo espantar a Manto. Una sombra me alcanza. Soplos me envuelven.

—¡Largo! ¡Largo de aquí! —grito agitando los brazos.

—¿Qué pasa, padre? —me pregunta Manto—. ¿No estás bien?

—Basta ya con los portentos. Déjame en paz. Ya no quiero tener relación con lo sobrenatural.

—¿Con quién hablas? —exclama Manto—. ¿A quién ves que yo no veo?

—No tengas miedo —dice la sombra—. Estoy aquí a instancia de Zeus.

—Padre, ¿por qué tus ojos miran el vacío de la habitación? —pregunta Manto—. ¿Ves a alguien? ¿Cómo puedo ayudarte?

—Basta ya con los portentos —repito molesto—. No quiero tener relación con lo sobrenatural, quiero vivir mi vida, quiero vivir con mi hija, quiero ayudar a mi hija para que sea una valiosa clarividente. Largo de aquí, sombra evanescente. Largo, largo de aquí. ¡Basta ya!

—Yo soy Hermes, el mensajero del Olimpo —explica la sombra—. No tengas miedo, solo tú me ves y me oyes. Tu hija no forma parte de nuestro encuentro.

—¿Qué quieres de mí? —pido a la sombra, que ahora toma contornos más nítidos y también luminosos.

Me doy cuenta de que tengo a un dios frente a mí. No, no necesito temer.

—Padre, padre, ¿por qué este vacío en los ojos? ¿Qué ves que yo no veo?

Siento la desesperación de mi hija. Tengo que tranquilizarla. Sí, tengo que tranquilizar a Manto. Puedo decirle que no hay nada que temer, puedo decirle que lo sobrenatural se mezcla con lo natural. Que ahora tengo que irme, tengo que seguir al mensajero de los dioses.

Tengo que calmar a Manto. Puede esperarme en nuestra habitación. Volveré muy pronto. Tengo que decirle a Manto que no tiene que preocuparse, porque ya viví lo sobrenatural y soy hijo de una ninfa que me protege. Esto tengo que decirle a Manto. Mi madre ninfa me protege. Y Manto tiene que esperarme, pronto volveré a la habitación. Pero podría decirle que puede encontrarse conmigo en el camino del bosque sagrado para los dioses.

—¿Adónde me llevas? —pido a Hermes, quiero saber dónde me conduce mi destino. Hermes tiene que decirme adónde me lleva. Tiene también que decirme por qué razón me lleva hacia el destino que me corresponde.

—Tiresias, debes confiar en mí —me dice con voz suave la sombra, que continúa siendo luminosa—. Tu destino de humano se mezcla con el de los dioses: el rey de los cielos te quiere consigo, por algo muy importante. Tienes que seguirme y no hacerme ninguna otra pregunta sobre tu destino.

—Padre, padre, no me abandones —grita desesperada mi hija—. ¿Adónde vas? Quiero estar siempre contigo —me dice mientras voy hacia la puerta de casa para seguir a mi sombra luminosa.

—No tienes que preocuparte, debes esperarme, pero no aquí en la habitación, sino fuera en el bosque sagrado para los dioses. Sí, querida —le digo a mi hija—, no estés en casa, sal fuera, ve al bosque sagrado. No sé por qué, pero ese es mi destino.

—¿Cuál destino? —continúa gritando Manto—. Tu destino ya se cumplió con tus deberes de padre y madre.

—Los mortales no tenemos un solo destino. —Y cierro la puerta detrás de mí.

La sombra luminosa me precede, y yo la sigo, confiando en los dioses.

Ahora estoy aquí en un lugar encantado. Delante tengo a los reyes del Olimpo, porque estoy en el reino de los dioses. Estoy a gusto en el Olimpo. Me parece algo natural, como creer en los dioses es algo natural. A corto plazo entenderé lo que Zeus quiere de mí. Lo que me pida debo cumplir su deseo. ¡Es mi destino cumplir la voluntad del rey del Olimpo!

—¡Aquí tienes a tu hombre! —dice Hermes dirigiendo su mirada a Zeus. E inmediatamente se aleja.

—¡Bienvenido a nuestro Olimpo! —saluda de manera afable Zeus, quedándose sentado en su trono de oro. Mientras, la reina, su esposa, guarda silencio y está de pie, distanciada de los dos.

El rey de los cielos fija su mirada en Tiresias durante mucho tiempo, como si quisiera captar su corazón y su mente a través de las líneas del cuerpo. Pero no comprende su personalidad. La cara del hombre detrás de la barba cerrada, ya canosa, esconde algo indescifrable y misterioso.

Al final se vuelve a su mujer y le dice:

—He aquí el juez, ahora puedes exponer nuestra cuestión, según nuestro acuerdo.

Hera ha cambiado su opinión.

—Eh, no, querido, no podemos resolver el asunto rápidamente. En primer lugar quiero conocer con quién tengo relación. No olvides que es transexual, persona ambigua, ambivalente. Ahora, ¿quién es? Si tiene una hija, que generó cuando era mujer, ¿cuál es su relación con ella? No puede ser su padre, ¿no te parece? El padre es quien dio la semilla para su concepción. En segundo lugar, quiero saber por qué le ocurrió el portento de convertirse al género femenino. Lo que es una degeneración, porque todos nacimos de género masculino o femenino. Cualquier otra condición de género es algo anómalo, es enfermedad crónica.

Zeus se irrita por las palabras de su esposa. Las juzga ofensivas para la dignidad de los mortales. Él cree en el potencial humano de la vida. Sus criaturas no pueden ser hechas con troquel. Pero ahora, para llevar al final la contienda, es más útil complacer a su mujer.

—Bueno, dejemos que nos cuente su vida y cómo ha sido su paso a otro género.

Hablar a los dioses no es cosa sencilla. ¿Cómo puedo elegir la palabra justa? Quien habla a los dioses lo hace en la oración, guardando silencio.

Los reyes me piden que hable de mi vida. Tengo que hablar de mi vida. Pero mi vida está señalada por un milagro.

De género masculino pasé a género femenino. Fue una experiencia extraordinaria. Luego, volví al género masculino. Dos naturalezas muy diferentes.

Tengo que contar cómo se hizo el milagro. Tengo que contar mi destino. Pero ¿cuál es mi verdadero destino? ¿Mi destino no se ha cumplido aún totalmente? ¿Tengo que esperar algo más?

Yo no sé cómo hablar a los dioses. No sé cómo hablar a los reyes del Olimpo.

¿Y mi hija Manto? Tengo que volver a mi casa. Tengo que irme de aquí. Mi hija me espera en el bosque sagrado para los dioses. Pero no sé cómo irme de aquí. ¿Puedo abandonar a los dioses?

Tengo que narrar mi vida. Mi vida y mi portento interesan a la diosa Hera. Tengo que contarle de mis padres y de mi encanto para las diosas Atenea y Artemisa, compañeras cariñosas de mi madre. Tengo que hablar de las diosas.

La mirada de Hera es insistente. ¿Por qué no deja de mirarme? Prefiero dirigirme a Zeus. La mirada de Hera no me gusta.

Su manera de mirar me parece llena de aversión. Tengo que irme de aquí lo antes posible. La reina Hera me inspira asombro y miedo.

No quiero hablar con la reina. Quiero hablar con Zeus.

Tengo que irme de aquí, mi hija me espera en el bosque sagrado en Tebas.

¿Dónde empiezo el cuento? Porque, de todos modos, debo hablar de mí. ¿Por qué los reyes del Olimpo quieren conocer mi vida? ¿Es una trampa? ¿Qué puedo narrar para no comprometerme?

Pongo las señas personales. Tengo que decir que soy de Tebas, tengo que decir que mi familia es importante, porque mi madre es una ninfa. Mi madre fue la ninfa Cariclo, que me confió a sus dos amigas diosas Atenea y Artemisa. ¿Eso es lo que interesa verdaderamente a los reyes? No quiero caer en una trampa. ¡Vigilaré!

Tengo que decir que he nacido en Tebas y que mi madre es una ninfa.

—Mi ciudad de nacimiento fue Tebas, nací por amor divino. Cariclo fue mi madre, ninfa vital e instintiva, verdadera fuerza de naturaleza. Mi padre fue Everes. Pertenecía al linaje espartano, el de los maravillosos fundadores de Tebas. Mi origen, por tanto, pertenece a lo sublime.

Hera, acercando los labios a la oreja de Zeus, comenta en voz baja:

—Mira, querido, cómo en sus palabras la arrogancia brilla de manera impetuosa. Se alaba por su ascendencia.

Zeus está molesto por el reproche de su divina mujer.

—Déjalo hablar —dice—. Él apenas está comenzando el cuento de su vida.

—Lo siento —justifica Hera—, pero yo quiero castigar la vanagloria de los mortales. Siempre llevaré la contra a los que están lejos de las honorables costumbres del Olimpo.

—Tebas es una ciudad muy bonita, digna capital de Beocia. Situada en el corazón de Grecia, está destinada a una gran fama.

Esta vez la diosa Hera interrumpe directamente el cuento de Tiresias.

—¿Por qué hablas de la ciudad de Tebas y no de ti? Quiero saber de ti, de tu personalidad, porque a corto plazo tú mismo deberás juzgar y emitir un juicio muy importante.

Creo que Hera es una diosa muy altiva. No puedo confiar en ella. Debo tener cuidado con lo que digo. No todos los dioses nos son favorables. ¿Qué quiere saber de mí? Le puedo hablar de mi inmenso amor por mi madre, que su cuerpo me encantaba. Toda mi sangre rehervía al verla.

La seguía dondequiera, me ocultaba atrás del seto, miraba los contornos de su maravilloso cuerpo cuando se zambullía en el agua del manantial del bosque sagrado para los dioses.

—Cuando un crío crece, necesita de guía —continúa Tiresias narrando a los reyes del Olimpo—. Casi siempre es el padre, es decir, una figura masculina quien cuida al niño en su formación. Para mí no ocurrió así. Fue mi madre la educadora. Me educó en la bondad y la afabilidad y me enseñó a apreciar la belleza y el encanto de vivir. Todas las cualidades típicas de las mujeres. Ella empezó muy temprano a hablarme de su amistad con las diosas Artemisa y Atenea. Me dijo que con Atenea amaba dar largos paseos por el bosque y que a menudo se bañaban juntas al atardecer.

No estimo oportuno confesar a la diosa Hera lo que fue mi profundo deseo. Lo sé, es peligroso. Tengo que guardar silencio sobre el deseo que se apoderó de mí por ver también el cuerpo de la diosa Atenea.

Fue un deseo por curiosidad del género femenino. Quise poner en comparación los dos cuerpos, el de mi madre y el de la diosa Atenea.

Quise profundizar en el conocimiento femenino. Quise conocer las líneas hermosas de mujeres especiales. Poder ver a Atenea desnuda habría sido algo sublime.

Día y noche mi pensamiento siempre fue poder conocer la desnudez de la diosa Atenea. Me dije: «Tengo que acercarme cuando las dos mujeres se zambullan en el manantial. Ya vi el cuerpo de mi madre, ahora deseo ver el de la diosa».

«No es nada malo», me dije. «Pero tengo que acercarme lo máximo posible. Deseo contemplar todo el cuerpo de la diosa. Mirar su desnudez: el pecho y la línea de su órgano sexual. Es la verdad femenina la que tengo que mirar».

Pero ahora mi cuento es diferente. Lo que me ocurrió con la diosa Atenea tiene que ser casual. Hera deberá pensar que yo no quería mirar la desnudez de la diosa Atenea.

Ella quiso castigarme porque había visto su desnudez. Ningún mortal puede ver la desnudez de una diosa sin consecuencias.

Quiso castigarme gravemente, y habría sido así si mi madre, Cariclo, no hubiera mediado por mí.

Mi madre estaba convencida de que mi mirada fue intencionada. Y, efectivamente, lo había sido.

Esa vez fui imprudente, me acerqué mucho a la diosa y así pude mirar largo rato el espectacular cuerpo femenino de Atenea. Actué en contra de la prohibición divina ¡conscientemente!

—Me ocurrió que, sin voluntad, eché un repentino vistazo sobre el cuerpo divino de la diosa Atenea, mientras ella se bañaba junto con mi madre en las aguas cristalinas del bosque sagrado de los dioses en Tebas. Era el atardecer y yo regresaba a casa por mi madre. Me sentí atraído por las risas de las mujeres divinas. Me detuve por un momento. Fue mi culpa. De verdad, miré solo un segundo la desnudez de la diosa Atenea, pero fue suficiente para que la diosa me castigara.

—Mira —dice en voz baja Hera a su marido— cómo este individuo se esfuerza por eludir su responsabilidad en la visión prohibida de la diosa. ¿A quién pretende hacer creer esa historia equívoca?

Zeus pasa por alto la observación de su esposa. Queda en atenta escucha de lo que va narrando Tiresias. El hombre le gusta. Tiene una justa sensibilidad para el asunto que le será propuesto.

—La diosa Atenea no quería renunciar al castigo que me merecía, pues mi madre se oponía a que yo recibiera un castigo. El precio fue malgastar la amistad con la diosa.

A decir verdad, fue un momento muy difícil. La diosa Atenea no quería ceder. Mi madre sabía qué castigo habría merecido: la ceguera.

Mi madre me preguntaba: «¿Por qué has cometido un acto tan grave?». «Ha sido casual, ha sido un simple vistazo», me defendí, mientras seguía gozando de lo que vi. Fue algo divino.

Los mortales sabemos que está prohibido volver la mirada hacia la desnudez divina. Pero si surge la ocasión de algo que produce tanto éxtasis, ¿cómo es posible renunciar? Y yo no quise renunciar. Salí al encuentro con mi destino.

Mi madre insistía: «¿Por qué?». Tuve que mentir, una mentira para mitigar mi destino. ¿La mentira ayuda a mitigar el propio destino? No sé.

Por supuesto, la ceguera es terrible. La vista es un sentido para la felicidad, es un sentido para gozar de cada belleza.

La mentira tenía que protegerme de la ceguera. Mi madre tenía que ayudarme. «No sé si yo podré impedir que tu destino se cumpla», me decía mi madre. Y yo le rogaba que me ayudara.

Pero ante mis ojos estaba la belleza femenina de la que gocé. En el cuerpo de la diosa Atenea vi toda la belleza femenina. Vi todo el mundo de las mujeres, una hermosura infinita. Quedé encantado, el cuerpo femenino me llamó. El cuerpo de la mujer divina fue una verdadera revelación.

No quería ser castigado. Era consciente de mi culpa, pero era la culpa humana del descubrimiento. Es el destino de la búsqueda, del conocimiento.

Mi madre tenía que salvarme de la ceguera, tenía que impedir que se cumpliera un destino cruel, el de la ceguera.

Hera estalla irritada.

—La diosa Atenea tenía que castigarte. ¡Era lo que te merecías!

—¡Basta ya! Al final, ¿cuál es su culpa? Su mirada fue casual e imprevista.

Zeus sabe que está mintiendo. Sabe que su hombre deseó lograr el vistazo divino. Sin embargo, quiere alcanzar la conclusión de la contienda. Dice:

—Tiresias, sigue tu cuento. Entonces tu madre impidió el castigo. ¿La amistad entre tu madre y la diosa Atenea permaneció?

—No, no permaneció, lo que para mí fue un triste sufrimiento. La diosa Atenea fue muy severa al reprocharme y usó palabras hirientes, que no olvidaré nunca. Dijo también que no seguiría teniendo amistad con una ninfa cuyo hijo había sido tan irreverente hacia su cuerpo divino. Mi madre lloró. Yo le pedí perdón y seguí diciendo que fue un vistazo breve e inconsciente.

La verdad es que las cosas fueron más complicadas. Me había salvado de la ceguera, mi destino de ciego se paró; sin embargo, perdí el amor materno. Mi madre no quiso verme nunca más.

Afortunadamente, mantuve la relación con mi padre, que tenía ideas más seculares. «¿Te ha gustado ver a la diosa Atenea? Bueno, lo importante es tu placer», me dijo. Mi padre fue comprensivo.

Mi madre sufrió por la falta de amistad con la diosa Atenea. A mí no me dirigió nunca más la palabra, pero seguí viéndola desnuda cuando se zambullía sola en el manantial.

Zeus quiere acelerar e ir al grano.

—Tiresias —dice—, cuéntanos sobre cuando te convertiste en mujer y cómo fue eso posible.

Tengo ahora que penetrar en los secretos del milagro. Es difícil compartir lo que ocurre en tus profundidades, en tu intimidad, pero el rey de los cielos eso me pide. Hablar del inconsciente, donde no hay comprensión racional. Puedo solo describir lo que ocurre, no puedo expresar por qué lo hace. Este es el portento, lo maravilloso, el milagro. Es imaginación, es deseo, es aspiración, es emoción.

En el portento estás a solas, como en un sueño. Es el sueño de toda vida.

Cuando pienso en el milagro pienso en el destino; el milagro es la clave para comprender el destino.

Tengo que decirle eso a mi hija Manto. Para ser clarividente tiene que conocer lo íntimo, las emociones más fuertes que están en el inconsciente.

El portento que me hizo transmigrar de condición masculina a femenina ocurrió en mi interior, en el inconsciente.

Diré la verdad a los reyes del Olimpo. Sí, ninguna mentira, y seré explícito. No tengo que tener miedo, no hay peligro, ni siquiera por la diosa Hera.

Tiresias describe minuciosamente el fenómeno de su transmigración sexual.

—Tenía unos cuarenta años de edad y una tarde vagaba por los bosques de Tebas. Sin darme cuenta, me alejé de los lugares poblados y entré en un entorno desértico y árido. De repente mi atención fue captada por dos reptiles que se enroscaban. Me pareció algo misterioso, inquietante, prohibido. Como algo que atañera al destino humano. Me acerqué paulatinamente con la mirada fija en las serpientes, que seguían enroscándose. Quería conocer aquella condición mágica. Tenía en la mano izquierda un bastón de bambú, que antes había arrancado cerca del río. Alcanzadas las serpientes, no sé por qué, golpeé varias veces con la punta aguda del bastón a la pareja de los reptiles, que se separaron y, arrastrándose, se apartaron por dos caminos diferentes. En mí empezó un inesperado e inexplicable fenómeno. Experimenté una fuerte emoción, que me cautivó mucho. Me faltó la respiración. Miré mi cuerpo: estaba cobrando nuevos perfiles físicos. Mi órgano masculino desapareció, y en su lugar, en una pelusa densa, se abrió camino el dibujo de una vulva femenina con todos los caracteres vaginales. El pecho glabro se amplió y aparecieron dos magníficas mamas. Las mejillas no tenían más pelusa y los pelos se espesaron. Sentí la piel más mórbida con un perfume natural nuevo, más estimulante. La medida del cuerpo no cambió en estatura, pero se redujo en las caderas y en los muslos. Me miré en el agua cristalina de una fuente y me vi mujer. Había tomado el género femenino. Había ocurrido un milagro, llevándome a una transmigración sexual. Pensé que las dos serpientes, molestas, habían causado el fenómeno sobrenatural.

—¡Lo que has contado es absurdo! —observa Hera—. Puedes imaginar que tu cuerpo se transforme, que tome rasgos femeninos, pero dime, ¿sabes cómo es el alma de una mujer? Descríbeme cuáles son los pensamientos de las mujeres, cuáles son los sentidos, y la honorabilidad. ¡Creo que tú eres solo un afeminado y nada más!

—Me di cuenta —continúa Tiresias— de que la transformación no atañía solo al perfil físico del cuerpo, sino a mi psique. Era la cosa más sorprendente. Adquirí otro punto de vista. La realidad no fue la misma. El sentimiento materno me cogió desprevenido. Sentí el deseo de tener una cría. Me percibí como una verdadera mujer. Una mujer aún con traje masculino. Entonces caí en el problema de cómo insertarme en un entorno que hasta aquel momento me vio como hombre. Mi madre, Cariclo, no aceptó la metamorfosis, dijo que me había parido de género masculino y tal tenía que ser toda la vida. En cambio, mi padre, Everes, fue más comprensivo. Quiso conocer lo que ocurrió, pero no creyó en el milagro y pensó primero que se trataba de la imaginación de un hombre afeminado. Luego confesó que no sabía explicar la metamorfosis sino por la voluntad de los dioses del Olimpo. Y desde ese entonces compartí mi condición femenina. Quise inmediatamente ponerme guapa y asumir los elementos de la seducción. Deseaba causarme placer a mí misma y a los demás. Cambié el guardarropa, adquirí peplos muy coloridos, finas túnicas, cinturones para mis caderas y cintas para mi cabello suelto. Además, cremas y perfumes. Me pregunté enseguida si el placer sexual femenino sería el mismo que el masculino. Por eso favorecí las oportunidades de conocer hombres agradables.

Tengo muchas dudas de que sea oportuno que mi cuento hable sobre la violación de la que pronto fui víctima. No estoy seguro de que Hera me acepte con esta historia de estupro.

Pienso que siempre ha sido así. La mujer víctima se considera responsable, es juzgada causante de la violencia masculina.

No quiero confesar porque después Hera me juzga. No quiero ser juzgado. ¡Basta ya!

Creo que tengo que guardar silencio. No quiero hablar de la violación que sufrí. Los dioses no son todos iguales y tengo miedo de ser juzgado.

La violación es traición cruel. Yo me fie de un hombre, que borracho se aprovechó de mi disponibilidad. Fue una violación insoportable. Quedé embarazada.

«Si quieres, puedes librarte del fruto del estupro», me dijo mi padre, Everes. «No, no quiero sumar violencia a la violencia», respondí yo. «¿Quieres tener ese hijo?». Bajé la cabeza. «Hace poco que eres mujer. ¿Cómo lo harás?», me preguntó mi padre. Guardé silencio, y después dije: «Espero que sea una niña, una hija femenina. Cuando nazca quiero cuidarla solo yo». «Haré cumplir este deseo tuyo. Quien ha usado la violencia contra ti tendrá que mantenerse alejado», concluyó mi padre.

—¿Cómo y cuándo quedaste embarazada? —pregunta socarrona Hera.

—Fue un evento del que no querría hablar, prefiero contar cómo nació mi hija, a la que le puse el nombre de Manto. Quería que la criatura llegada a la vida fuera inmediatamente destinada a ser clarividente. Me gustó pensar desde el nacimiento este porvenir para mi hija.

—¿Es verdad que quedaste embarazada por acto de violación? —apunta la diosa—. ¿Por qué no decirlo? Tu vergüenza es por buscar el placer sexual como mujer. Por eso creo que jamás podrías ser una verdadera mujer, eres solo una afeminada.

—¿Por qué interrumpes siempre a Tiresias? —dice Zeus, que añade—: Dejemos que hable de su maternidad y de su hija.

—¿Qué maternidad? No siendo una verdadera mujer nunca puede tener sentidos maternos, y ahora que de nuevo se ha convertido a la condición masculina no puede tener ninguna relación con la niña, ni como madre ni como padre. Es todo anormal.

Advierto una vez más odio de la diosa hacia mí. ¿Por qué? Manto es mi hija, para ella soy padre y madre. Soy primero madre y después padre, no es verdad que con el portento de la transmigración sexual he perdido mi naturaleza en la relación con mi hija. Luego no es el dato biológico lo que concretiza la relación. Es el amor, es el cariño y son los mimos los que hacen una relación. La relación y el cuidado construyen a la familia. Mi hija y yo formamos un equipo familiar.

La diosa no puede decir que yo sea abusivo. Mi transexualidad da legitimación a la relación con Manto. Nadie puede negar eso.

Naciendo Manto mi vida tomó sentido. El milagro me sirvió de ventaja para adquirir dignidad primero como mujer y luego como varón. Tengo que defender esta posición también frente a la reina de los dioses.

Los dioses tienen que proteger la felicidad de los mortales. La reina Hera no puede oponerse a mi bienestar, no puede impedirme ser feliz con mi hija Manto.

Mi hija se convertirá en una gran clarividente. Y yo la arrimaré. Manto estará siempre conmigo. Vive conmigo y vivirá siempre conmigo. Nadie me puede parar, ni siquiera los pensamientos reaccionarios de la diosa Hera.

A la diosa le tengo que decir que soy padre, después de ser madre. Porque yo fui varón y mujer y otra vez varón. La transexualidad me ha permitido conocer toda la realidad humana. Es un conocimiento especial de la condición humana.

Quiero transmitir al corazón y al cerebro de mi hija Manto lo que he aprendido con ser hombre y después mujer y de nuevo hombre. Puede que así disfrute mi experiencia en la mente y en el corazón.

—Ser mujer y madre me dio felicidad y alegría —sigue contando Tiresias, pasando por alto las palabras de Hera—. Veía en mi cuerpo femenino la más elevada expresión de la belleza de la vida. Son los rasgos femeninos los que tejen el arte del placer y no los musculosos masculinos.

—Mira, Hera —dice Zeus—, ahora es el momento de exponer nuestro asunto.

—¡Aún no! —grita la diosa—. Quiero conocer su siguiente transmigración. Quiero que Tiresias ahora hable de la vuelta a la condición masculina, de la que nunca, según yo, se hubo alejado. Sin embargo, no fue mujer cuando terminó de ser masculino. La suya es una mentira de transexual.

—Tiresias, cuéntanos tu segunda metamorfosis —invita Zeus—. Cómo sucedió y cuál fue el milagro.

—A decir verdad, no quería volver al género masculino. Por tanto, para evitar que se repitiera el portento me mantuve alejado de los lugares del acontecimiento milagroso, no quería volver a encontrarme con las dos serpientes entrelazadas. ¿Es posible escapar del propio destino? Eso quería: impedir el cumplimento de mi destino. Deseaba permanecer en el género femenino. Nací como hombre, pero mi destino me convirtió en mujer y amaba serlo. ¿Mi libre albedrío me permitía realizarlo? Todas estas preguntas fueron eludidas por hechos repentinos e incontrolados. Una tarde, paseando por el bosque sagrado para los dioses, seguía dándole vueltas a pensamientos y reflexiones sobre la vida de los seres humanos. Me decía: «La vida es misteriosa, el destino es imprevisible. No nos queda otra que disfrutar lo que nos gusta, lo que nos da placer y bienestar». Olvidé el portento de la transmigración, era mujer y toda mi vida la dedicaba a mi hija. Ella tenía que darme gran felicidad. Y nadie habría podido desviarme de mi ruta. En cambio, allí, en otro lugar cerca del bosque sagrado y lejano del sitio del primer encuentro, me tropiezo con las dos serpientes. Termino encima de ellas y esta vez, sin darme cuenta, las toco con el bastón del primer encuentro, que había guardado como reliquia sin pensar que volvería a golpear a los dos reptiles con él. El destino que había querido evitar estaba a punto de cumplirse. Volví a ser de género masculino después del paréntesis femenino. La transformación me llevó a asumir mis características masculinas anteriores, pero un poco alteradas por el tiempo transcurrido siendo mujer.

—¿Por qué querías quedarte como mujer? —pregunta con rabia la diosa Hera—. Tú naciste en el género masculino y, terminada la tarea del portento, la naturaleza pidió recomponer lo que es su especificidad. Afortunadamente, hombres y mujeres están en la naturaleza y cada desvío es innatural.

Zeus guarda silencio, prefiere apartarse de las consideraciones de su esposa, también porque a corto plazo tiene que hacer la fatídica pregunta a Tiresias para resolver la contienda con Hera.

No quiero responder a la diosa. Tengo que defenderme.

El milagro no es un momentáneo acontecimiento. Es el destino que le toca a cada uno de nosotros. Si tienes la capacidad de compartir lo que está ocurriendo, coger la mejor de las situaciones extraordinarias, el destino puede ayudar. Y yo fui mujer, el acontecimiento del portento me favoreció, pues tengo a mi hija, que es mi felicidad. Pero el destino no se para nunca.

Aunque he vuelto a ser hombre, quiero ser mujer y madre. La diosa Hera ignora lo que está en mi psique. Mi psique es mi gran secreto. Soy mujer para toda mi vida.

—Creo que llegó el momento —declara de manera pomposa Zeus— de exponer nuestro asunto y escuchar el juicio de Tiresias.

—A decir verdad —corrige Hera—, más que nuestro asunto, es tuyo. Yo no tengo dudas, y no creo que Tiresias pueda ser un juez imparcial.

—¿Todavía quieres hacerle la pregunta a Tiresias? —dice Zeus a su esposa.

—No, nunca haré una pregunta tan indecente, y menos a un transexual.

—Entonces la haré yo —dice Zeus, decidido a llegar al fondo de la contienda—. Y lo que diga Tiresias será verdad y todos los mortales y todos los dioses tendrán que reconocerlo y compartirlo.

Zeus se levanta del trono, se acerca a Tiresias, lo mira a los ojos y le expone el dilema que debate con su mujer y hermana.

—Dime, tú que fuiste primero hombre, después mujer y al final hombre, ¿quién experimenta más placer en el abrazo de amor, el hombre o la mujer? ¿Quién alcanza el máximo gozo?

La pregunta de Zeus es directa e inquietante. Hera se siente a disgusto. ¿Cómo puede hablar de goce femenino un transexual?

—El placer sexual está compuesto por diez partes —declara sin dudar Tiresias—. El varón experimenta de ellas solo una; las otras nueve atañen a las mujeres. Por lo tanto, la mujer siente un placer sexual nueve veces más intenso que el hombre.

—Estás mintiendo —grita la diosa Hera—, estúpido mortal, quieres enfrentarte a la verdad de los dioses.

Es así, esta es la verdad que yo he conocido y probado: el placer de la mujer es superior.

Tengo que decir la verdad. Porque yo he probado el placer de las mujeres en las relaciones sexuales. Esta es la verdad. No miento.

La mujer reúne su placer en muchos aspectos de su cuerpo. La mujer prorroga su placer, la intensidad no se agota en pocos instantes, como ocurre en el hombre.

La mujer alcanza los topes de placer por la extensión de las sensaciones y, más allá de su órgano sexual, hay muchos otros lugares en el cuerpo femenino que cooperan para la excitación extrema.

Tengo que guardar silencio, no debo describir cómo es este mayor placer femenino.

Hera no entiende; ella, a pesar de ser la reina de las diosas, no sabe nada de la hermosura de las mujeres en la relación sexual. Tengo que guardar silencio.

Lo dicho es suficiente para Zeus. Eso es lo que el rey divino quería saber. Zeus me da crédito porque fui hombre, mujer y después hombre.

Como yo lo recuerdo, el placer femenino fue superior; de diez partes, nueve atañen a la mujer. Solo una parte es del placer masculino.

Tengo que decir esta verdad. Esta es mi sentencia: la mujer goza más. Su placer es nueve veces superior al del hombre. Eso digo yo. Nadie puede obligarme a decir lo contrario.

Siempre he dicho la verdad, incluso cuando mentí para no estar ciego. Defenderse con mentira es lo que nos queda de libre albedrío para no sucumbir al destino.

—Es la mujer misma —se atreve a agregar Tiresias— la que puede comprometerse para ampliar las emociones sexuales dirigiéndose hacia los arcanos que se abren en amor, mientras el hombre busca la inmediatez de las sensaciones y todo es rápido y en pocos segundos su placer mengua y se vuelve un amante refractario.

—¡Falso, falso! —va repitiendo la diosa Hera con mucha ira.

—¡Basta ya! —grita Zeus—. Tiresias ha expresado su juicio. —Y mirando a su mujer añade—: Nuestra pelea ha acabado.

—Querría decir algo más —acosa Tiresias—. Ser de género masculino me deprime. ¡Ojalá volviera a ser mujer! Para mí sería mi verdadero destino.

—¡Esto es demasiado! —estalla Hera.

Zeus ha comprendido el peligro. Quiere actuar, pero ya es demasiado tarde.

—Tu altivez te costará cara —sentencia la diosa Hera—, ya no poseerás la luz de los ojos y una profunda oscuridad te acompañará hasta la tumba y más allá. Este final es tu verdadero destino: la ceguera. Escapaste de ella una vez, pero ya está hecho y tu madre no estará aquí para protegerte.

Tiresias se balancea, cae en la oscuridad absoluta. Un silencio impenetrable a su alrededor.

¿Por qué? ¿Por qué esto? ¿Las diosas son tan terriblemente vengadoras? ¿Quién ha sido, Atenea o Hera?

No se puede escapar del propio destino. No es culpa de las diosas. No, no es culpa ni de Hera ni de Atenea, es culpa del destino. Mi destino siempre ha sido el de la ceguera. Todos me recordarán así con la ceguera.

Pero podía defenderme con el libre albedrío, por lo menos lo intenté. No fue posible. ¡El destino nos derriba, siempre!

Y ahora estoy en las tinieblas de la vida, no podré ver nunca más una mujer, tampoco su hermosura. Sin mirada he perdido mi felicidad. No soy mujer y tampoco puedo gozar del placer de mirar a una mujer.

Tinieblas que marchan hacia mí, tinieblas que me enrollan. Agito mis brazos. Quiero alejar las tinieblas de mí. «Alejaos de mí», grito. Sacudo la cabeza. Sacudo todo el cuerpo. Me balanceo.

«Alejaos de mí», repito. Las tinieblas me enrollan como una gran telaraña. Cabeza, brazos, piernas están envueltos.

«Alejaos de mí», sigo gritando. No quiero ser ciego, quiero la luz, el sol, quiero los colores. Quiero ver el cuerpo de las mujeres.

Me falta ya la hermosura femenina. Hera ha sido cruel conmigo. ¿Por qué? He dicho la verdad. ¿Con los dioses tienes que ser mentiroso? ¿No fue Zeus quien me invitó al Olimpo para un juicio de verdad?

«Alejaos de mí, tinieblas crueles. No os quiero conmigo». Sacudo la cabeza. El destino me mata. Mejor si el destino me mata. Habría querido yo matar al destino con mi libre albedrío. ¡No hay libre albedrío! El destino es el de las diosas

Moiras. Tú no puedes matar al destino, es el destino quien te mata a ti.

¿Y ahora qué hago sin la mirada? ¿Por qué, ojos, no me traéis la luz? ¿Dónde está la luz? No quiero la oscuridad.

«Alejaos de mí, tinieblas crueles».

—¡Bueno! —se regodea Hera—. Mi castigo ha terminado, estarás ciego para siempre y ni siquiera el rey de los dioses podrá ayudarte cambiando mi acción. Nadie puede modificar lo que una diosa ha cumplido.

Zeus está verdaderamente abochornado por el acontecimiento. Juzga injusto el castigo infligido por Hera. Tiresias no lo merecía. Había contestado simplemente a la pregunta que le había hecho.

El rey de los dioses se queda en silencio. Tiene que pensar en una solución que recompense a Tiresias por el daño sufrido.

Recuerda lo que dijo Tiresias sobre la importancia de prever el futuro para condicionar el destino, tanto que quiso enseñarle a su hija Manto una capacidad profética. Por tanto, ¿por qué no conferirle a él mismo esta capacidad?

Tiresias tiene todas las características humanas e intelectivas para ser un valioso profeta, un hombre que interpreta el porvenir en cuanto lo ve, porque se coloca dentro del acontecimiento.

Zeus quiere que la ceguera de sus ojos sensibles se transforme en una nueva mirada, no la sensitiva, sino la intelectual, la que permite con la mente ver mucho más lejos. De ese modo el daño provocado por Hera será equilibrado por una dote por la que Tiresias se sentirá orgulloso.

—¡Basta ya! —exclama Zeus, que sentencia—: Tiresias, tomarás una mirada nueva, superior a la física. Tú podrás ver el porvenir de los que te quieren y lo que verás será claro y verdadero. La venganza de mi mujer así está mitigada, por lo tanto pierdes la vista sensible pero tienes una superior, espiritual e intelectiva.

—¡No! —grita Hera, pero enseguida se calma y hace esta consideración en voz alta—: No cambia nada, porque no siempre creerán que diga la verdad. Y, en cambio, la ceguera será para siempre.

Zeus quiere apresurar la partida de Tiresias.

—Ahora, Tiresias, puedes irte. Hermes te llevará al bosque sagrado para los dioses en Tebas, donde te espera tu hija Manto, con la que empezarás una nueva vida de profeta. Lo que pude hacer lo hice. Lo siento por la ceguera, pero ahora ves la verdad como es justo que sea, porque tú has dicho la verdad sobre las mujeres. Por eso te lo agradezco.

Mientras Heras quiere tomar la palabra para negar la verdad expresada por Tiresias, Zeus con rapidez confía el huésped al mensajero divino y él mismo se aparta diciendo a su esposa:

—Y ahora volvamos a nuestra vida normal de reyes del Olimpo. ¡La contienda se acabó!

No tenía que ocurrir esta mala suerte. Mi destino se cumplió. Es un destino cruel la ceguera. Luché contra el destino, lo detuve la primera vez, pero después ya no fue posible.

No veré nunca jamás a mi hija Manto y su hermoso cuerpo. Una noche impenetrable inundó mis ojos. Jamás verán la luz.

Estoy desesperado, quiero ver por última vez a mi hija. La belleza de su cuerpo, el que nunca más podré mirar y apreciar como ha ocurrido hasta ahora.

¿Por qué esta venganza hacia mí? Hablé bien de las mujeres, exalté la condición femenina, dije que habría querido ser siempre mujer, que mi viaje transexual entre los géneros me había hecho comprender que la mujer es algo maravilloso en todos los aspectos. Y si he hablado bien de las mujeres, ¿por qué la diosa Hera, que es mujer, me condena así irreparablemente, robándome la vista?

¿No veré más a mi hija? Sin la mirada, ¿cómo podría encontrarla? ¿Adónde estoy ahora? ¿Estoy aún en el monte de los dioses? ¿Estoy todavía en el monte Olimpo? ¿Frente a mí están Hera y Zeus? ¿Quién puede acompañar a mi hija, ahora que soy ciego?

—¡Padre, padre! —grita Manto, mientras va a su encuentro, vislumbrando como su cuerpo camina vacilante más allá de la espesura—. ¿Qué te pasa? Estoy aquí desde hace mucho tiempo, como me dijiste. Por fin te encontré y estoy muy feliz.

—No estés feliz, hija mía. Una mala suerte me golpeó. Una mala suerte llevada por el destino cruel. ¡Soy ciego! No podré nunca jamás verte.

—¿Cómo es posible eso? —pregunta Manto buscando la mirada del padre.

—Es posible —explica Tiresias— porque los dioses no son dignos de confianza. Ahora te apoyan, ahora están en tu contra. Los dioses están llenos de contradicciones.

—¿Por qué hacerte ciego? —sigue preguntando Manto—. ¿Qué dios te ha hecho a ti esa perversidad?

—Yo estoy sometido desde hace muchos años a los portentos. Son ellos los que al final condicionan mi vida. Primero el milagro de la transmigración sexual, después ser llevado al monte Olimpo frente a los reyes de los dioses. Una entrevista divina que me costó cara. Pagué con la ceguera mi amor por la verdad.

—No entiendo, padre, lo que me estás diciendo. Te pregunto de nuevo: ¿por qué hacerte ciego?

—¡Por venganza! Los dioses son vengativos. Pero de vez en cuando pueden reparar los daños. Y así, después de que la diosa Hera me robara la mirada sensible, el rey del Olimpo, Zeus, me ha donado otra mirada, otra vista, la que ayuda a comprender el porvenir. No solo puedo ver el porvenir, sino que puedo estar en el acontecimiento. Eso ha dicho Zeus, él fue bueno conmigo. Me apreció por mi verdad, porque hablé bien de la condición de la mujer. La verdad no tiene que provocar miedo. Pero la diosa Hera me castigó, dándome la ceguera.

—Es terrible lo que me estás contando. ¿Pueden ser así de malvados los dioses?

—Para mí ahora la desesperación está en no poder verte, no poder mirarte con tu hermosura de cuerpo femenino.

—Podrás tocarme siempre, si lo quieres —afirma franca Manto—. Los dedos de tu mano siempre podrán seguir las líneas de mi cuerpo.

¿Qué interés puede tener la mirada de la mente, la capacidad de penetrar en el futuro, si después falta la vista para la vida de cada día?

No puedo gozar de la belleza de los cuerpos. No puedo tener ningún contacto con el mundo real. Si falta la mirada física, falta el mundo sensible.

Todo el mundo es cuerpo. Y el contacto con el mundo físico es posible con la vista, pero mis ojos están apagados.

La realidad no será más una sorpresa. No puedo ver la realidad, ni siquiera puedo verme. Pero puedo tocarme y tocar a mi hija.

Tocar es un poco como ver. Pero no es la misma cosa. Y Manto ha dicho que sí me deja tocar. Puede ser algo equívoco, Manto es mi hija, fui su madre. Y ahora, sin embargo, soy su padre. Podría ser un padre adoptivo.

Tocar en las partes íntimas a mi hija puede ser algo equívoco. Mi hija tiene que estar tranquila, con mi ayuda será una famosa clarividente. Yo puedo ver el futuro, la psique, el abstracto. Y aunque me es imposible ver el mundo sensible, puedo tocarlo. Puedo tocar mi cuerpo y tocar a mi hija. Prefiero tocar el cuerpo de mi hija. Porque amo el cuerpo femenino.

Querría ser un cuerpo femenino, así podría tocarme, sin verme, y enamorarme.

Es el destino. No hay libre albedrío. El destino va contra lo que se desea, es enemigo del placer.

La vista fue mi placer y el destino me castiga con la ceguera, quiere que utilice mi ceguera para ver el futuro. Soy un profeta. ¿Es algo útil? No creo. El destino se impone. Es inútil.

Quiero tocar el cuerpo. Lo abstracto no me gusta. El futuro no me gusta.

Soy ciego y sin perspectiva. No quiero leer el futuro. A quien viene aquí para conocer el futuro le digo que no. No es útil conocer el futuro. No hay libre albedrío. Si conoces tu futuro no puedes hacer nada para condicionarlo, él gana siempre.

No quiero ser profeta. Habría preferido tener los ojos encendidos. Es la mirada sensible la que trae felicidad. No me interesa el futuro, es todo engaño.

Los dioses nos engañan. Hera me ha engañado. Zeus ha querido crearme un alivio, pero también él me ha engañado.

¿Dónde están los dioses? Tengo que ir al monte Olimpo. Quiero que Hera me dé lo que me ha quitado.

—Padre, no puedes quedarte todo el día en casa. Si lo quieres, puedo conducirte fuera, te acompaño al bosque sagrado y te hago ver con mis ojos. Así podríamos también hablar de la nueva vida que empieza con tu poder divino de leer el futuro. La ceguera física no es una enfermedad si ves con los ojos de la mente. Yo te traigo aquí un montón de gente que quiere certidumbre en el conocimiento del futuro. Si puedes estar en los acontecimientos, tus oráculos no serán incomprensibles y entregarás perfiles verdaderos de los hechos.

—Querida Manto, ninguno me creerá, porque todos estamos condicionados por el destino que las diosas Moiras hilan con capricho. Los dioses son todos caprichosos. Como lo fue Hera, que me castigó por su capricho porque yo estaba fuera de sus esquemas. Me trajo odio porque le representé a una mujer diferente a sus ideas. Comoquiera que vayan las cosas, debes tener paciencia. Estoy acostumbrado a los portentos y la ceguera la considero uno más. Vamos, hija mía, a pasear y hablamos de nuestra nueva vida. Tú para mí eres muy importante, quiero ayudarte en el arte adivinatorio si puedo y si es verdad esta capacidad de análisis de los acontecimientos.

Al final Manto toma coraje y pregunta:

—Padre, ¿qué dijiste tan grave sobre la condición de la mujer que mereciste la condena de la ceguera?

Tiresias siempre había querido pasear por el bosque sagrado para los dioses. Le gustaba oler como un perro los perfumes de resina de los árboles y cuanto de la vegetación golpeaba su olfato.

Se dice a sí mismo que con la ceguera este placer no lo ha perdido. Es más, cuando se pierde un sentido físico todos los demás se potencian. Esto es lo que lo alienta y lo hace feliz, a pesar de lo que ocurrió tan grave. Además, está con su hija, a la que ama infinitamente.

Tiresias confiesa su verdad.

—Los dioses no son muy diferentes a nosotros los humanos. También ellos están sometidos a las pasiones y a los deseos, también a los más vulgares. Parece a veces que los dioses sean fruto de nuestra imaginación. Los reyes del Olimpo, la diosa Hera y su marido Zeus, me invitaron al Olimpo para que dijera mi pensamiento sobre el placer sexual, habiendo sido de género masculino y, por un tiempo acotado, femenino. Les dije que el placer mayor lo probé como mujer. Las mujeres gozan más que los hombres en el coito. Esta fue mi verdad, que Zeus apreció y su esposa condenó.

Manto interrumpe al padre y afirma:

—Creo que no puedes, padre, dar un pensamiento único. Aún no lo he probado, pero pienso que el placer sexual pertenece a cada persona. Todas las mujeres no somos iguales. Hay quien goza más y quien goza menos. ¿Por qué diste una sentencia absoluta? ¿No sabes que hay mujeres que nunca en toda su vida probarán el placer sexual o que también hay mujeres que paulatinamente pierden el deseo sexual, a pesar de un tiempo de gran gozo? La vida, padre, tiene muchas facetas, y eso los dioses tienen que saberlo.

—Tus palabras me encantan, hija mía. Pero el problema es más complicado. Sobre estos temas, tanto en nuestra historia humana como en la celestial, siempre hemos tenido dos posiciones contrapuestas, sin ningún matiz.

—No entiendo —dice Manto, mientras vigila atentamente dónde pone su padre los pies en la calzada—. Yo no sé nada del placer sexual. Tú sí has tenido experiencias sexuales, pero puedes hablar de ese tema solo desde tu punto de vista.

—No, no es así. Más allá de la experiencia personal son los roles los que caracterizan la realidad. La posición de la diosa Hera pone la mirada en la sumisión y la docilidad de las mujeres. Ellas jamás podrían tener un rol protagonista ni en la vida diaria ni en la vida sexual. Remachar que la mujer es más protagonista que el hombre en la relación sexual significa empezar una lucha por su liberación. Y yo, que fui transexual, tengo la conciencia para decir la verdad. Sin embargo, Zeus se contraponía a su esposa solo por el aspecto sexual y no por los roles sociales, porque también él elige la sumisión de las mujeres.

—Tengo que aprender mucho de ti, padre —declara Manto con cariño y mimos—. Para ser una bonita clarividente tengo que conocer al individuo, pero en el conjunto de la comunidad humana y de su historia. Por ejemplo, ¿cuál es el rol de la mujer en Tebas? ¿Cómo será mi placer sexual cuando el destino me asigne esa posibilidad?

—El pensamiento de tu placer sexual, hija mía, me hace feliz, pero me preocupa. Porque no quiero perderte. No querría que te vayas lejos de mí, para seguir a otro hombre por amor sexual.

—Eso no ocurrirá nunca, porque nunca en la vida te dejaré —exclama con énfasis Manto, que añade, mientras hace que se siente su padre sobre un tronco puesto en un lado de la calzada, tras un matorral—: Paremos un rato para retomar el aliento. Y entretanto, ¿me puedes explicar el placer sexual que tú, padre, probaste y que yo aún no he probado? ¿Me lo puedes describir de modo que yo no esté desprevenida cuando ocurra?

No quisiera decir nada sobre el placer sexual. No puedo hablar de sexo con mi hija. ¿Manto es mi hija? Si no hubiera ningún vínculo familiar, podría amarla con gran placer sexual. No puedo, yo fui su madre. Pero ahora soy hombre.

¿Cuál es mi relación con ella? No soy su padre, pero fui su madre; yo la procreé, pero no fue mi semilla, sino la semilla de un hombre que no soy yo. Ahora soy un extraño para ella. Pero fui su madre, sigo siendo su madre, aunque sea hombre, pero no soy su padre. Puedo amar a mi hija no como padre, sino como mi amante, pero antes fui su madre. Yo la procreé. Hay vínculo de sangre. Está el tabú del incesto. Todo se vuelve difícil.

«Para conocer el placer sexual tienes que experimentarlo». No puedo decirle eso a mi hija. No quiero que por el goce del sexo me deje. Si no existiera el incesto podría ser yo su amante. Y ella estaría siempre conmigo. ¿Es una cosa muy grave el incesto? Para los dioses no existe este tabú. Zeus ama y goza de su hermana Hera. Para los mortales está prohibido amar a sus parientes.

Los dioses son nuestra proyección: nos gustaría no tener el tabú del incesto como ocurre con los dioses. Pero nuestra cultura y nuestro orden social nos obligan a unas reglas. Tengo que decirle algo a mi hija, está esperando que mis palabras la orienten.

Tengo que ser muy preciso, porque mi hija Manto será con mi ayuda una gran clarividente. Tengo que decir las cosas claras, pero sin herir su sensibilidad.

—Es difícil, querida, explicarte qué es el placer sexual. Solo probándolo con su propio cuerpo puede alguien comprenderlo. El gozo sexual toma todas las partes del cuerpo, y en los detalles hay zonas corpóreas más expuestas que otras según el placer de cada amante. Pero hay un ápice que ahonda en la esencia de la vida y de la muerte, y es aquella cumbre que los amantes quieren lograr. Porque aquí se cumple el máximo placer. ¿Por qué? Para la reproducción de la especie humana, y creemos que lo mismo les ocurre a los dioses. Todo el placer se debe a los críos. A menudo olvidamos eso y el placer nos atrae por sí mismo. Así estamos en una red compleja entrelazada con deseos, pensamientos, sufrimientos, tormentos, que penetran en nuestra psique y nuestro cerebro se vuelve loco.

—No he comprendido mucho, padre. Me pregunto, si quiero el placer sin la voluntad de estar embarazada, ¿qué puedo hacer? Y ¿por qué según tu pensamiento yo gozaría más que mi amante de género masculino?

—La diferencia está en la sensibilidad de las mujeres, que no siempre está conectada con el sentido de maternidad. Pero ahora volvamos a nuestra habitación, estoy muy cansado. Ha sido una jornada difícil para mí. Y estoy seguro de que mis próximos días serán muy complicados. No obstante, tu cariño y tu amor me entregan coraje y fortaleza. Dentro de unos días podríamos empezar a recibir a las personas que piden conocer su futuro. Tú recibes al solicitante e intentas comprender su necesidad. Me lo das a conocer y en ese rato voy a ver si penetro en su porvenir para comprender el destino. Solo así puedo ayudarte para que emitas la sentencia.

# 2

# Volver la mirada hacia el abismo

¿Quién no se preocupa por su criatura? Es la naturaleza biológica de la reproducción de la especie lo que empuja a los padres a cuidar de su prole.

No es un buen inicio para mi acción de profeta. Entrar en la vida de un joven es muy arduo, más complicado que conocer el futuro de un mayor, para quien el tiempo que le queda es siempre menos.

¿Por qué se preocupa el niño por su hermosura? La belleza física es un recurso para el éxito en la vida, sobre todo en la juventud.

Su madre, Liríope, pregunta a qué peligros su hijo, mientras crece, tiene que prestar atención por su seguridad. ¿Cuál podría ser el mayor peligro que amenaza su vida? Eso quiere saber su madre. Quiere saber cuál es el peligro del que debe guardarse, consultar el porvenir de su hijo para comprender el destino que las Moiras están hilando.

Liríope confía en mi hija Manto y en mí. Me dice que quiere mucho a este hijo, pues ha sido fruto del destino. También Manto ha sido hija del destino. Se dice así cuando la semilla estalla por el acto de la violación. Liríope es una náyade y su violador fue el dios Cefiso.

En cada violación siempre hay engaño. Así me ocurrió, y así le sucedió a la náyade Líriope. El engaño fue terrible, porque se fundamentó en el abrazo mentiroso. El dios Cefiso entrampó a la náyade Líriope en el flujo sensual de sus aguas y usó la violencia contra ella. Siempre hay cariño mentiroso. Siempre hay algo que desvía.

El amor es un recurso de las especies para su reproducción. Esto es otro engaño. Todo es engaño. Queda el placer, sobre este hemos construido un mundo convulso e informe de sensaciones, de sentidos y de deseos.

¿Qué puedo ver en la vida de este niño que se llama Narciso, que es hermoso, delicado, mujeril? Tengo que ver los peligros que lo acechan. ¿Cuáles pueden ser esos peligros?

—Mi hijo Narciso —dice la náyade Líriope, dirigiéndose directamente a Tiresias y sosteniendo al niño con fuerza en sus brazos— es muy hermoso y tengo miedo de que justo esta hermosura sea su peligro.

—Padre —añade Manto—, tienes que leer en los acontecimientos futuros cuáles son los peligros para distinguir los comportamientos más útiles para su defensa. Si su hado parece determinado, tenemos que protegerlo de ahora en adelante.

—Es lo que quiero —precisa la náyade sin apoyar al niño en la cama, parándose en la habitación.

—La protección del niño —declara Tiresias— no puede significar coartar su libertad, sus derechos, su autonomía. —Y, dirigiéndose a Líriope, añade—: ¿Por qué no pones al niño en la cama? Desde que has venido, Líriope, tu niño no ha podido descansar ni un fragmento de tiempo.

—¿Qué dices, viejo? ¿Por qué tengo que dejar a mi hijo en una cama desconocida? Tengo que defenderlo continuamente, cada momento del día. No puedo desatenderlo ni un segundo.

—¡Qué dices tú, mujer! Así ya está claro cuáles son sus peligros, los de la falta de autonomía. La psique del niño tiene que ser libre. —Por un instante, Tiresias guarda silencio, y luego de repente pide a Líríope—: ¿Me haces tocar la cara de Narciso? Tú sabes que soy ciego y solo con el tacto mi mente puede imaginar la realidad. Quiero darme cuenta de su hermosura.

—¿Estás loco? —grita la mujer—. Nunca permitiré que alguien toque a mi hijo, tampoco un viejo ciego. Quiero proteger siempre al maravilloso Narciso.

—¿Por qué eso? —pregunta asombrado Tiresias.

Se interpone Manto, que dice:

—Padre, ¿no puedes proceder a ver el porvenir de Narciso sin tocarlo y sin tenerlo en tus brazos? Es a través de tu mente que ves, no a través de un perfil físico indefinible, incluso si tocas.

Tiresias guarda silencio. Se aparta a un rincón de la habitación y se queda de pie inmóvil.

Líríope, siempre teniendo apretado en sus brazos a su hijo, muestra intención de irse y dejar correr el asunto, expresando su malestar en voz alta.

—Es una pérdida de tiempo conocer el futuro de mi hijo a través de un viejo con ceguera y de su hija incapaz.

—No, no, quédate, Líríope —grita Manto, poniéndose ante la puerta de casa para impedir que salga—. Ahora mi padre verá el porvenir de tu niño.

—Si tu padre fuera un verdadero profeta habría dicho ya cuál es el peligro del que mi hijo debe defenderse al crecer.

No ha dicho nada. Quería solo tener en sus brazos a mi hijo. Así no va bien. Por eso tengo que salir de esta casa.

—El verdadero peligro para Narciso es él mismo. ¡Tiene que defenderse de sí mismo! —grita de repente Tiresias, sin moverse de su posición de pie en el rincón de la habitación, volviendo la cabeza hacia las dos mujeres y el niño, como si los mirara.

Siempre tenemos la mirada hacia el abismo y no lo sabemos. El abismo nos atrae, nos fascina, y no lo sabemos. Nos atrae a cada uno de nosotros, y no lo sabemos. ¿Por qué? Porque el abismo está dentro de nosotros. Y no lo sabemos. Siempre está allí dentro de nosotros y no lo sabemos.

El abismo es la cita con la muerte que llevamos dentro desde nuestro nacimiento. Es la muerte que el destino ha establecido para nosotros.

¿Cómo puedo decirle a Liríope que su hijo ha elegido el abismo? Ha querido buscar el abismo. Y no lo supo porque buscaba una felicidad imposible por naturaleza. Y el abismo lo arrastró cruelmente hacia abajo.

—Párate, Narciso —le grito—. No vayas más allá. Por favor, no te conozcas a ti mismo. Ignórate a ti mismo —le repito.

Veo que él se inclina hacia delante. Busca la imagen de su cuerpo, veo. Veo que se inclina demasiado hacia delante, veo. Veo la superficie de agua que lo llama.

—Quédate —le grito—. Ahora se puede parar tu hado. Tu hado fue tejido por las diosas Moiras. Ahora es posible parar el destino, ahora puedes utilizar el libre albedrío. ¡Después es demasiado tarde!

No hay libre albedrío sino por breves ratos.

—Párate, párate —sigo gritando—. Párate, Narciso.

Nuestro destino se manifiesta cuando fallecemos, cuando nos entregamos al abismo. En ese momento todo está claro, pero es ya demasiado tarde. Antes, antes tienes que intervenir.

—Quédate, Narciso —le grito de nuevo—. Deja la charca, es profunda, y mucho. La charca es tu enemiga. ¡Apártate!

—La charca es útil para reflejarme —dice Narciso—. Tengo que reflejarme en la charca. Solo de ese modo puedo verme y veo mi belleza. Tengo que conocer mi cuerpo, los perfiles de una naturaleza que me hacen igual a los dioses. Ninguno puede pararme.

—Lejos de la charca —digo yo—, no te asomes. Está profunda. ¡Es tu abismo!

Narciso está sobre la charca inquieta y llena de agua. Las diosas Moiras hilan el destino sin lógica y con tejedura muy caótica. Creo que se divierten por interrumpir de repente la tejedura.

—La muerte es el capricho de las Moiras. Tienes que eludir este capricho. Tu recorrido te lleva aquí, a la charca. Tienes que interrumpir este recorrido. Tu destino no se cumplirá si cambias el recorrido. Tienes que creer en el cambio. La salvación está en el cambio. Tienes que creerlo.

—Quiero reflejarme en la charca —sigue diciendo Narciso—. Quiero conocer mi hermosura. Estoy encantado de mi cuerpo. Vivo de mi cuerpo, al que amo muchísimo.

—¿Por qué? —pregunto.

—Porque todos dicen que tengo una belleza inigualable —declara Narciso, que ya está asomado sobre la superficie de la charca profunda.

Cuando el destino se cumpla será demasiado tarde. Pero ya que he visto, pues tengo la mirada hacia el futuro, sé que se cumplirá.

—Ten cuidado, Narciso, huye de ti mismo, entrégate al amor de uno de tus compañeros, no importa si tu amante es hombre o mujer. Lo importante es salir de ti mismo. Tienes que buscar tu belleza en otras personas, fuera de ti. Rechazaste el amor de la ninfa Eco. Ella te quería mucho, te seguía dondequiera, sombra reservada y silenciosa, perdidamente enamorada hasta morir. ¿Por qué? La ninfa Eco podría ser el cambio de recorrido, tu destino habría cambiado. ¿Por qué? ¿Acaso porque no hay libre albedrío? —sigo preguntando.

—¿Sabes por qué? —me informa Narciso—. Porque no quiero ser cómplice de la especie humana, no quiero por amor hacer nacer a ningún mortal. No quiero ser cómplice de la procreación de la especie humana. Siento aburrimiento por los seres mortales. Son repetitivos, aburridos, rencorosos e incoherentes. Miran tonterías y se pierden lo esencial. Discuten por nada. Nunca daré amor a una mujer que daría a luz un nuevo ser, prolongando así la especie humana. Por eso he rechazado el amor de Eco, una ninfa obsesiva e insoportable, como son todas las mujeres, sin palabras originales y repitiendo siempre mis últimas palabras. Basta ya, le dije muchas veces que tenía que dejarme en paz. Nunca jamás la habría querido.

—¿Y por qué amarte a ti mismo? —pregunto ansioso, con la mirada de mi mente siempre hacia su maravilloso cuerpo en vilo sobre la charca profunda—. ¿Por qué verte en la superficie de la charca? Párate, estás a tiempo —digo.

—Yo soy y quiero seguir siendo compañero de mí mismo. Yo no me defraudo y gozo de mi cuerpo, que creo que es maravilloso y por eso quiero verme reflejado en la charca. Es mi libre albedrío elegir amarme a mí mismo. Es amor verdadero, más sincero que aquel que une a un hombre con una mujer por la reproducción.

—Dime, ¿dónde está tu libre albedrío? —pregunto yo—. Te parece que tú eliges, pero son tus ideas, la educación de tu madre Liríope, tu odio hacia la mujer y a hacer este recorrido lo que te lleva a tu destino y a tu abismo. Narciso, el hermoso que siente orgullo de su hermosura y que quiere verse para amarse y alabarse. Este es el hado que las Moiras han tejido y que están listas para cortarlo. Quédate, Narciso, tu deseo no te trae felicidad, sino el abismo, donde todo es silencio y nada, y donde todo es ineluctable y definitivo. La muerte es el destino de los humanos y es la muerte la que señala la diferencia con los dioses, que queremos inmortales sin abismos por nuestra proyección. Lo que nosotros no podemos lo dejamos para los dioses, que nos miran alegres y socarrones.

—A mí no me interesa la muerte —contesta Narciso—, y lo que tú llamas abismo no me da miedo. Lo que yo quiero es no volverme como un común mortal: casado y con prole. Con una esposa que no te da paz y que después de los primeros placeres sexuales, por ser madre, se olvida de la alegría del sexo y se vuelve amarga e insoportable. ¿Y qué decir de una vida en pareja, una vida caracterizada por peleas e indiferencia? El tiempo transcurre inexorable, la vida en pareja continúa sin salida por la falsa idea del amor eterno, y el tiempo envejece, la decrepitud avanza, los rasgos de belleza desaparecen, y no queda ningún recuerdo de tu juventud, serás solo un viejo feo. ¿Y sabes por qué? —pregunta Narciso—. Porque es la especie la que lo quiere, quiere que cumplas con los deberes de reproducción en edad juvenil y después puedes quitarte de en medio. Yo lucho contra todo eso, no quiero envejecer, quiero que mi hermosura sea para siempre. Quiero verme cuando mi belleza brilla. Por eso quiero contemplar mi reflejo en la charca. No pasa nada si está profunda. Quiero ver cómo soy ahora en mi juventud, fijarme para siempre en los perfiles de belleza de mi cuerpo, que no debe envejecer. La naturaleza me ha hecho hermoso y tengo que defender mi hermosura. Ni el tiempo ni otra cosa debe limitar el esplendor de mi cuerpo. Mi imagen reflejada en la charca tiene que ser eterna.

—Pero la charca no te ayuda —le advierto—. La charca es un engaño, es un reflejo de luz que de repente desaparece cuando el sol declina. Escúchame, Narciso, no tienes salvación. Porque ya he visto que la charca es el abismo que te traga. No se puede modificar lo que las Moiras han tejido, pero un rato antes puedes intentar la salvación, si la quieres verdaderamente. ¿Por qué quedarte pasivo? ¿Qué es más importante, una efímera belleza seducida por la muerte o una vida ignorada sin belleza y con todos los límites de la naturaleza, envejeciendo con decrepitud y con el malestar y la enfermedad? Yo creo que también para ti es mejor ignorarte a ti mismo y dejar tu hermosura y vivir en la mediocridad como los demás. De esa manera, salvas tu pellejo y vives.

—No —me dice el joven Narciso, que veo con los ojos de la mente. Miro su cuerpo. Es algo maravilloso, formas perfectas con rasgos de atleta pero también con líneas femeninas en las caderas, seductor solo con mirar. Quisiera detenerlo, pero no es posible, porque si me acerco a los acontecimientos esos ya se han desarrollado. Solo él puede intervenir. Se lo digo, pero él no me escucha.

Está en vilo sobre la charca profunda. Nadie puede rescatarlo. Está solo, como siempre cuando todos estamos al borde del precipicio. El abismo nos llama, porque es el destino que las Moiras han tejido. El hado es lo que las diosas han hilado.

—Todavía tienes tiempo para echarte atrás y será tu salvación. Créeme, por favor.

Veo a Narciso, que se libra de su última vestimenta, y su cuerpo estalla con toda su desnudez. Es más hermoso que los dioses del Olimpo.

Narciso desaparece al instante con una zambullida en la charca profunda.

—Padre, ¿qué pasa? ¿Por qué esta agitación? Es como si hubieras vivido una pesadilla.

Manto y la náyade Liríope han sido sorprendidas por el comportamiento de Tiresias. Su cuerpo estaba sometido a impulsos regulares, la cabeza continuaba ondeando. Era como si estuviera preso de un fuerte frenesí. Era algo espantoso verlo.

—Leer el futuro me agota —confiesa Tiresias—. Querría no hacerlo, hija mía. Comparto los acontecimientos, lo que me hace sufrir por mi empatía.

—Padre mío, ¿qué has visto en el futuro de Narciso? —pregunta Manto, que añade—: Liríope quiere saber.

—El peligro mayor para este maravilloso niño es su belleza y todos los que le siguen a sol y sombra. Entre ellos, también su madre, Liríope.

—¿Qué dices, viejo? —grita despotricando la náyade—. ¿Cómo puedo ser yo un peligro si soy su madre? Es mejor que me vaya.

—Padre, intenta explicarte —exhorta Manto, inquieta por el giro que pueda tomar la respuesta profética. Después, dirigiéndose directamente a la náyade, le dice—: Liríope, por favor, espera un momento, escuchemos antes lo que el profeta nos dice. Creo que está listo.

Tiresias, para hacer feliz a su hija, tomando un perfil hierático empieza una oración amplia.

—Todos cuando nacemos tenemos un peligro constante del que defendernos, y es el de fallecer. Estamos al borde del barranco, que es el abismo que nos acompaña desde que venimos a la vida. Vida y muerte van juntas. Todos tenemos el mismo destino, que es el de fallecer. Son las diosas Moiras las que con capricho, cuando lo quieren, cortan el tejido. Hay quien muere antes, quien lo hace después, o más tarde. Se puede morir por violencia, por enfermedad, por casualidad, por naturaleza, y cada muerte es diferente, única. Nuestro interés es alargar el momento en el que ella aparece. Queremos más tiempo para la vida, manteniendo alejada la muerte. Y cuando esta llega y el abismo nos acoge, se para el tiempo y hay un eterno silencio y la nada. Entonces el peligro consiste en que adelantamos inconscientemente la muerte por comportamientos que favorecen el destino fijado por las diosas. Porque no tenemos libre albedrío, la vida se desarrolla según el destino, a menos que, conociendo el futuro, puedas intentar algunos cambios a lo largo del recorrido establecido del hado y así trastornar el juego elegido por las Moiras. Por eso es necesario saber adónde te lleva tu tarea. Por supuesto, los humanos sin profecía nunca podríamos saber dónde intervenir. Si hay profecía verdadera, ¡sí que se puede intervenir, pero mucho antes de que el destino se cumpla!

Mientras la náyade Liríope sigue teniendo dudas y sigue mostrando la voluntad de salir de la casa del profeta, Manto acosa y pregunta:

—Padre, por favor, ¿quieres compartir tu responso conmigo y con Liríope?

—Eso enojaría más a la madre del niño. Prefiero guardar silencio.

—¡Eh, no, viejo! —estalla Liríope—. ¡Ahora cuéntalo todo!

—¡Bueno! Entonces hablaré claro —declara Tiresias—, para que la madre del niño me escuche. Así tal vez Narciso pueda salvarse.

—¿Estás loco? —grita Liríope—. ¡Mi hijo no está en peligro!

—¿Tú lo crees? Todos cada día volvemos la mirada hacia el abismo, y él, tu hijo, en su vida juvenil más que los demás. ¿Y sabes por qué? Porque es hermoso, con una belleza especial que lo hace diferente, y tú, su madre, contribuyes a eso, a hacer de Narciso un exaltado, hasta el punto de que para él no hay nada más en la vida que la belleza de su propio cuerpo. El asunto es que el cuerpo se desgasta, el tiempo pasa, la vejez trae decrepitud y no hay prórroga. Huye lo que fue para el joven el bien primario: la belleza física, la del cuerpo. No sé si

Narciso aceptará alguna vez que su belleza se estropee, porque para él es un modelo de vida, como única cosa importante.

—¡Mi hijo será siempre hermoso, también cuando envejezca! —subraya Liríope—. Su belleza no se verá perjudicada por el tiempo.

—Puede ser si se habla de la belleza del alma, la del placer del vivir. ¿Qué es la belleza del cuerpo si no te hace vivir con felicidad y bienestar? Si se desgastan los rasgos de la hermosura pero se mantiene la alegría por la vida, envejecer no trae miedo y tal vez desesperación.

—Yo le daré la educación necesaria —precisa Liríope—, será siempre adecuado a comportamientos coherentes con su especial hermosura.

—¿Y cuáles son esos comportamientos adecuados? —pregunta Tiresias.

—No te preocupes, viejo. Sé qué enseñar a mi hijo, lo que sirva para defender su perfección. Es una perfección única y nadie tiene que limitarla. Su perfección le permite disfrutar no del goce vulgar y feo, sino de la fidelidad que conlleva la pureza del espíritu. Su cuerpo no podrá jamás bajarse a los placeres sexuales de la carne y tal vez incluso usando la violencia contra las mujeres. Él se amará a sí mismo, no a otras personas, no tendrá nunca pareja. Hasta es posible que yo sea su acompañante. Por eso era importante que yo conociera lo que fuera para él un peligro del que defenderse. Todavía creo todo ha sido inútil, tú y tu profecía no me han sido de ayuda. Por tanto, puedo irme sin obligación alguna hacia ti y tu hija.

—Sin embargo, yo sigo ayudándote, pero tú no quieres entender —declara agotado Tiresias— que es precisamente este recorrido que has proyectado el que llevará a Narciso a su destino final, al verdadero y único peligro, volver su mirada hacia el abismo en donde se desvanecerá.

—No me gusta lo que estás diciendo, viejo. Es algo terrible. Mi hijo jamás bajará a espejarse sobre el abismo, su belleza jamás será duplicada.

Manto tercia en la conversación, dudosa de lo que dice su padre.

—¿Por qué, padre, Narciso está en peligro si ama su cuerpo? Lo cuida como ajeno. Es importante amarse a sí mismo, ¿no te parece?

—Un cuerpo, hermoso o feo, tiene que ser usado para la felicidad y la alegría del vivir. Esta alegría, sobre todo la sexual, puede durar por largo plazo, también cuando envejeces. Solo así no hay peligro. Un cuerpo no puede transformarse en un fetiche porque de ese modo se convierte en una jaula mortal. En cambio, nosotros queremos la felicidad. Y es máxima la felicidad cuando los cuerpos se tocan, se entrelazan, se dan a la búsqueda de las partes más sensibles al placer. Un cuerpo aislado no tiene esas ocasiones de placeres. Le queda una perfección estéril e infructuosa, desvanece una belleza física por una espiritual, pero que no sirve a nadie. Con el autoerotismo, al fin y al cabo, te quedas en soledad y sufres por la falta de otro cuerpo al que sostener y abrazar. Esta es mi profecía para Narciso: tiene que buscar en su vida la alegría del vivir, incluso librándose de la opresión de su madre, Liríope. De lo contrario, su vida juvenil está en serio en peligro, porque también él, como nosotros, siempre está al borde del barranco.

Liríope ya está fuera de sí. Grita:

—Basta ya. No puedo más con tus palabras ofensivas. Te defines profeta, pero no lo eres, solo eres un pobre viejo ciego que no sabe nada de la vida. Al fin y al cabo, una cosa he comprendido: haré exactamente lo contrario de lo que dijiste. Aún más tendré a mi hijo bajo mi control, porque su hermosura tiene que ser protegida contra cada forma carnal de materialismo. La naturaleza es espíritu y no goce. El goce pertenece a la violación que yo sufrí y jamás mi hijo será autor de violencia de género. Mi protección es para todas las mujeres, y Narciso será un hombre dulce y agradable. Y vivirá mucho tiempo porque será querido por los dioses por su belleza, sobre todo la del alma, más allá del cuerpo.

—¿Y si quiere casarse? —pregunta Manto.

—No tiene esa necesidad —contesta súbito Liríope—. Él se basta a sí mismo y después estoy yo. Su belleza no podrá desplomarse por el trabajo y las preocupaciones a causa de los críos. Narciso es un dios y tengo que defenderlo de las miserias humanas, de las carnales y las de los deseos. Su único deseo será exaltar siempre sus líneas de perfección del cuerpo y del alma.

—Existe toda la posibilidad de que el destino de Narciso se cumpla perfectamente —exclama decepcionado Tiresias.

# 3

# Derrotar a la esfinge

—¿Por qué, padre, no quieres que se dirijan a nosotros, a ti? ¿Por qué enviar una delegación a Delfos, incluso encabezada por Creonte, para interrogar a Pitias?

—Es un asunto que no nos pertenece. No quiero estar implicado en esta historia tan lúgubre y equívoca. En segundo lugar, mis dictámenes son desconocidos, el ser humano teme el destino pero no hace nada para modificarlo, como ha ocurrido con la madre de Narciso. Cree que tiene capacidad de escribir su propia vida a través de sus decisiones.

Manto insiste:

—Ahora es una situación nueva, diferente. No es el destino de un individuo, es el destino de nuestra nación, de Tebas, azotada por una epidemia terrible. La peste está diezmando a la población tebana, fallecen hombres y mujeres, ancianos y niños, pobres y ricos. Envuelve a todos, podría afectarnos también a nosotros, y yo no quiero que tú, padre, enfermes. El Gobierno debe encontrar una solución, pero no creo que la propuesta de Edipo, el nuevo rey, después de la muerte de Layo, pueda bloquear la epidemia. Ni la sacerdotisa de Delfos, la enigmática vieja Pitias, tiene la respuesta correcta contra la plaga, porque el dios Apolo hace todo lo posible para evitar ser comprendido. Tú puedes penetrar la oscuridad y traer luz

73

sobre el enigma, tanto el rey como Creonte deberían haber recurrido a ti.

—Nunca lo harían. El poder quiere seguir la apariencia formal: mejor un dictamen confuso e incomprensible que una verdad abofeteada en la cara.

—Aquí te equivocas, Tiresias —irrumpe de repente Creonte, que añade—: He encontrado la puerta abierta y he entrado. Tengo que anunciarte que nuestro rey Edipo quiere verte. No está satisfecho con el oráculo de Apolo y desea que seas tú quien lo interprete. Es un oráculo enigmático y tiene la necesidad de una lectura clara, porque si continúa la epidemia está en juego la salvación de la nación tebana.

Mientras que Manto se alarma por la inesperada presencia y se agita por buscar formas de hospitalidad para la autoridad apenas llegada, Tiresias se queda inmóvil y con total aplomo declara:

—Es sorprendente que quien ha derrotado a la Esfinge no sea capaz de resolver un enigma menos complejo. Apolo es un maestro fácil en el juego enigmático y actúa solo para confundir y no para competir, como ocurrió con la Esfinge. Por tanto, que sea él, el rey, el jefe del Gobierno, Edipo, quien interprete al oráculo y dé una respuesta al castigo de la peste.

Creonte se detiene un rato, querría contestar que un viejo ciego no puede ofender de tal manera la autoridad del Gobierno. Pero está en una misión diplomática, tiene que convencer a Tiresias de que lo siga al palacio real, donde está el rey esperándolo.

—Esta vez en el oráculo apolíneo no hay nada misterioso —declara Creonte para bajar los tonos y la tensión—. Es más, parece todo muy sencillo. El contagio de la peste se acabará si el culpable del asesinato del rey Layo está alejado de Tebas. Es su presencia entre la población lo que provoca esta grave epidemia. Este asesino apesta el aire y difunde el morbo entre todos los ciudadanos sin alguna distinción de género, de edad, de condición social. Layo, antes de que viniera Edipo, fue un rey justo y honesto, de edad avanzada, muy respetuoso con su joven esposa, Yocasta.

—¿Por qué ahora el enigma se hace claro y después de muchos años se vuelve a hablar de Layo? El asesinato de Layo —pregunta molesto Tiresias—, ¿no ocurrió muchísimos años atrás? ¿Y no gobernaste tú, Creonte, hermano de la reina Yocasta, inmediatamente después de la muerte del rey y antes de que viniera Edipo? ¿Por qué no desarrollaste tú una investigación institucional sobre la muerte de Layo?

—La reina Yocasta no quiso, y en ese entonces teníamos el castigo de la Esfinge.

Creonte parece turbado, ve en Tiresias casi un juez que lo está juzgando. Entonces da detalles ambiguos que crean más misterio.

—Fallecido Layo —cuenta—, Yocasta, aunque confiando en mí, quería muy pronto tener como rey no a un hermano, sino a un esposo joven, fuerte y valeroso.

—¿Por qué no quería estar viuda, controlada por un hermano autoritario y opresivo? —pregunta mordaz Tiresias.

—¿Por qué estás difamador conmigo? Yo soy tu amigo. Tu ceguera me da lástima.

—¡No quiero ninguna lástima por parte del poder! —declara el profeta.

—Te confieso que fui yo quien le propuso al rey Edipo dirigirse a ti para interpretar el oráculo apolíneo. Yo siempre te he juzgado un hombre honesto poco inclinado a la superstición religiosa. Tu capacidad profética es diferente, eres el más laico de todos, y tu profecía se fundamenta en el sentido del vivir y los comportamientos humanos. Si no quieres seguirme, déjalo ir. Diré al rey que no tienes ganas de interpretar al dios Apolo.

Manto se preocupa. El padre, una vez más, pone en riesgo una importante acción profética.

—¡Padre, vamos ante el rey Edipo! Yo estoy contigo, y Creonte nos guía. Para nosotros dos es un gran honor. Tenemos que servir a la nación.

Cómo puedo decirle a mi hija que me estoy metiendo en un lío grave.

Edipo me pide que le indique quién es el asesino de Layo, el que está apestando Tebas, y yo tengo que decirle: «Eres tú, Edipo, tú has matado al rey de Tebas. Y tú sabías que era el rey de Tebas a quien estabas matando. ¿Pero por qué matar al viejo rey por una contienda de pasaje en una carretera en las afueras de la ciudad? ¿Acaso por tu destino? ¿Fue el destino que las Moiras hilaban el que decidió que el rey de Tebas falleciera por tu mano? ¿O fue pura casualidad?».

Veo lo que está ocurriendo, veo a un joven armado con un palo. Veo que anda a pie, no tiene caballo. En cambio, en la carretera tiene caballo un viejo, acompañado por unos esclavos.

Sí, ¡veo que lleva la insignia real! ¿Quién podía llevar en las afueras de Tebas la insignia real? Aquel caballero viejo no puede ser otro que el rey de Tebas.

El joven se le pone delante, quiere parar su cabalgada, porque grita en el cruce que tiene preferencia el que anda de pie.

—¿Por qué? —le pregunto—, ¿por qué parar el caballo del rey?

El joven no me contesta pronto, pero mientras bloquea al caballo, grita:

—Soy Edipo y nadie puede detener mi destino. Mi destino es escalar el poder.

—Entonces, ¿sabes que al que asaltas es el rey de Tebas? —pregunto.

—Eso quiero —me dice el joven—, cumplir mi destino.

—¿Tu destino pasa por asesinar al rey de Tebas?

—No sé, pero voy a matar al viejo caballero que me obstruye la carretera.

—Pero es el rey de Tebas —porfío.

—No me importa —me dice Edipo—. A mí me interesa matar a un prepotente.

—¿Y si hay otro?

—El destino es algo complejo, no puedo verlo todo. Ahora me vengo de la prepotencia.

—Párate. Estás matando al rey de Tebas —le grito.

—Ya te dije, no me interesa. Ahora este viejo tiene que pagar por su soberbia.

—La tuya es una exageración. Lo tuyo me parece un pretexto para matar al viejo rey de Tebas. ¿Acaso deseas su reino? —le pregunto.

—¿Quieres saber la verdad? Bien, te lo diré. La verdad es que estoy aquí, en las afueras de Tebas, no por casualidad, sino por seguir mi destino, el verdadero. ¿Y sabes cuál es mi destino verdadero? Ser rey.

—No entiendo. ¿Por qué dices que tu destino es ser rey?

—Porque soy hijo de reyes. Pero otro destino desfavorable quiere que mate a mi padre rey, ¡destino horrendo! Yo no quiero matar a quien me dio la vida. Así que me alejé de mis padres, lo más lejos posible.

—¿Tú no estás en tu territorio? ¿No es Tebas tu patria?

—No —me grita Edipo—. Yo llegué desde Corinto. Corinto es mi patria de nacimiento. Los reyes de Corinto son mis padres. Mérope y Pólibo son los reyes de Corinto y son mis padres. El destino que me persigue es que mate a Pólibo, mi padre, pero no lo haré jamás, porque estoy lejos de Corinto.

—Pero estás en las afueras de Tebas, ¿por qué?

—Porque no quiero desperdiciar el poder real —declara Edipo de manera rotunda—. No quiero matar a mi padre, pero tampoco quiero renunciar al reino. Es mi destino reinar.

—¿Es eso cierto? ¿Por qué has venido aquí a Tebas?

—Porque sé que aquí hay un rey viejo y una reina joven sin prole. Además, en Tebas existe el castigo de la Esfinge. Tebas en este momento vive sin certidumbre y porvenir. Estoy aquí para dar un futuro a la ciudad. Sé que ese es mi verdadero destino, el que las Moiras han hilado para mi vida.

—¿Por qué ahora quieres cometer un asesinato? —le pregunto desesperado a Edipo—. ¿No ves que vas a matar a un viejo que es también el rey de Tebas?

—Mato a un prepotente, me obstruye el paso. No puedo soportar a los prepotentes, a los soberbios. Me irritan los nervios.

—¡Vas a matar al rey! —le grito—. Cuidado con lo que haces, los destinos se mezclan y nos confunden.

—El dilema de matar a mi padre está resuelto, porque él está en Corinto y yo estoy en las afueras de Tebas. Y no voy a matar al rey de Tebas, porque este viejo no tiene ninguna enseña que me haga comprender su majestad.

—¿No tienes ni una sola duda?

—Nunca tengo que ceder ante una duda, porque la duda me paraliza y nunca podré llegar al poder.

—Padre, padre, ¿qué pasa? Vuelve conmigo. —Manto sostiene a su padre en un abrazo apasionado, llorando.

—Creo que tu padre ha ido más allá, adonde nos está prohibido ir. —Creonte parece a su vez conmovido. Advierte—: Vamos, porque el rey Edipo nos espera desde hace mucho tiempo.

—Un momento, por favor —grita Tiresias, desconcertado por el susto—. Creonte, ¿qué sabes del desafío de Edipo contra la Esfinge?

—Es una historia muy conocida en Tebas, deberías conocerla. ¿Recuerdas qué mala suerte representaba la presencia de este monstruo enorme echado en unos montes que sobresalían de la ciudad y, de hecho, bloqueaba la entrada a Tebas? Era una situación mortal, como la actual, la de la peste. Cuando el rey Layo fue asesinado por unos ladrones, todos estábamos convencidos de que la Esfinge habría desaparecido, porque un oráculo ambiguo apolíneo hacía entender que era una venganza divina en contra de Layo. Pero no ocurrió así. Por qué razón nadie lo sabe. Solo tú, Tiresias, quizás, lo sabes. Entonces yo tomé el gobierno de Tebas, pero Yocasta, mi hermana y reina con poder político, quiso que yo inmediatamente echara bando, para que quien derrotara a la Esfinge fuera el nuevo rey de Tebas y se casara con ella. No pude oponerme. Tenía a todos en mi contra. Sin embargo, yo podía asegurar la continuidad del reino al tener un hijo. La reina pretendió seguir otro camino, otro destino. Vino a mí un joven diciendo que era hijo de los reyes de Corinto y quería desafiar a la Esfinge. Me dijo solo que esta decisión estaba destinada por las Moiras, y que era su voluntad seguir la tejedura de su destino. Si hubiera derrotado a la Esfinge, algo de lo que él estaba convencido, sería un buen rey de Tebas y de buena gana se casaría con la reina Yocasta.

—Quédate, Edipo. No sigas más —le digo—. El destino se construye progresivamente, la Esfinge es terrible y con las garras no te deja respirar. Te retienen hasta que te asfixian. La Esfinge no es solo una bestia feroz, es un vértigo seductor y, aun derrotada, te toma, toma tu personalidad, toma tu psique, no tienes más salvación. Estás derrotado, porque la Esfinge es tu enigma.

—Párate, por favor —me dice el joven Edipo—. Ya no quiero saber más de ti. No quiero lidiar con la conciencia. ¿Sabes qué ocurrirá después de la derrota de la Esfinge? El enigma se disipa, el monstruo con la cara femenina se precipita en el abismo, y yo tendré el poder en la ciudad de Tebas, y sobre todo gozaré en la cama de la reina Yocasta, aún agradable y llena de pasión erótica. Esta es mi felicidad. Derrotaré no solo a la Esfinge, también una tejedura del destino que me desfavorecía. Entonces, con mi libre albedrío y con mis ganas de victoria, superaré el terrible acto de parricidio que me asigna el oráculo y me acostaré con una mujer bonita y sensual. Y todo eso será por obra mía.

—Una duda, por lo menos duda una sola vez —le digo otra vez—. La certidumbre es otra Esfinge, más peligrosa y más insidiosa. Escúchame, antes de que sea tarde. Cambia de recorrido, y tal vez el destino será diferente.

—Son mentirosas tus palabras —me dice, mientras se pone entre las garras de la Esfinge.

Miro la Esfinge y lo miro a él. Los dos son semejantes. Se cruzan las miradas, y por primera vez los ojos de la Esfinge ponen en evidencia incertidumbre mezclada con temor. Edipo infunde miedo a la Esfinge. Sabe que el joven hombre es capaz de soltar muchos enigmas, porque Edipo mismo es un enigma.

Mientras las garras se acercan entre sí y palpitan listas para dar muerte por asfixia sangrienta, la cruel sonrisa del rostro femenino de la Esfinge se mueve para que la monstruosa boca emita el enigma.

Estoy perplejo, porque me parece de fácil solución el acertijo. Es como si la Esfinge quisiera ser derrotada, como si un dios le hubiera impuesto ceder en la contienda.

—¡Es una trampa! —grito a Edipo—. También los dioses te están engañando. Quieren que derrotes a la Esfinge para que tu destino se cumpla. Tu salvación es la fuga. Escapa, escapa mientras todavía tienes tiempo.

—¿Qué dices, hombre cobarde? —exclama Edipo—. Pronto disfrutaré de abrazos divinos y la excitante Yocasta saciará toda la lujuria que alberga mi interior. Al derrotar a la Esfinge acabo con el horrible destino que un dios me quiere asignar.

—¡No! —contesto—. Actuando así favoreces tu mala suerte. No hay libre albedrío, estás en una trampa. Te grito la verdad antes de que sea demasiado tarde. Escúchame, Edipo. El destino no se puede modificar, es inexorable. No hay libre albedrío porque estás dentro de un recorrido. Solo si eres capaz de modificar un rato antes algo en aquel recorrido tal vez se bloquee la tejedura del destino. Tu recorrido está más allá, pero puedes pararlo. Si no derrotas a la Esfinge evitas acostarte con tu madre, la reina Yocasta. Tú ya mataste a tu padre. No quisiste reconocer en el viejo que cabalgaba en el cruce en las afueras de Tebas al rey de la ciudad, porque tu interés era empezar la escalada al poder. Seguro que no sabías que Layo era tu padre, esto es cierto, porque tú querías evitar tu atroz destino, pero sigues escapando, olvidas que el destino tiene muchas caras, y es difícil conocerlas todas. Pero ahora te digo que el rey Layo fue tu padre, la reina viuda es tu madre. Diciéndote eso, tienes que renunciar al desafío con la Esfinge.

—Te he escuchado, pero me has referido palabras mentirosas —dice Edipo—. No sé quién eres, tal vez me pareces la personificación de mi conciencia o de mi psique. Otras veces me pareces mi enemigo, como un aliado del usurpador del poder en Tebas, de Creonte, el hermano de la reina, el que me ve con desconfianza. Basta ya, voy a derrotar a la Esfinge y seré el dueño de Tebas. Te digo que bien puedo haber matado al rey de Tebas, pero Layo no puede ser mi padre, porque mi padre, Pólibo, está en Corinto, y yo he marchado lejos de él. No lo he matado, ni lo mataré en el porvenir. Por eso creo en el libre albedrío, estoy justo en el recorrido que pronto me hará gozar del cuerpo maravilloso de Yocasta.

—Padre, ¿qué pasa? Una vez más has caído en tu pesadilla. —Manto abraza a Tiresias, apretándolo con más fuerza.

—Son las visiones de los profetas —observa Creonte—. Yo no creo mucho en ellas, pero pueden servir para comprender la realidad. —Después, se dirige a Tiresias con decisión—: Ahora, Tiresias, tienes que decirme si es tu voluntad seguirme y alcanzar a Edipo.

—Te sigo, pero no garantizo que se resuelva el contagio maléfico tebano. El ánimo humano es imprevisible, no quiere la verdad, sobre todo cuando es incómoda.

—Haces lo mejor —comenta Creonte—, y creo que te honorarán Edipo y Yocasta, y todos los dignatarios. —Luego añade—: Iremos al palacio real, a la sala del trono, y serás invitado a hablar delante de todos. Te repito, yo he querido tu presencia y no la de los sacerdotes, que son estafadores y pronos al poder. Tú eres un hombre libre y lejano de superstición religiosa. ¡No me decepciones!

—No seré yo quien te decepcione. Es bueno que sepas que estoy llamado a acusar a alguien, y este alguien no lo aceptará fácilmente.

—Tu función es la de interpretar y concretizar el oráculo de Apolo —remacha Creonte—. Debes decir solo cómo el rey Edipo puede identificar al asesino de Layo, el malvado que debe ser apartado lejos de Tebas.

—¿No crees que, habiendo pasado tanto tiempo, muchas cosas habrán cambiado? No es sencillo para mí ayudar al rey, y con éxito.

—No pasa nada. Vamos, deprisa.

—Ahora que has derrotado a la Esfinge, que la has precipitado en su nulidad —le grito a Edipo con desesperación—, ahora que te parece haber resuelto el enigma estafador que te propuso, deja todo y escapa a Corinto, tu patria adoptiva. Tienes aún tiempo en tu vida gracias al cambio de recorrido de tu destino. No entres en la cama de Yocasta —digo, recalcando cada letra de mis palabras.

—Tú estás loco —me dice Edipo—. Ahora tengo mi felicidad, tan esperada. Tengo el poder en la ciudad que me adopta, Tebas será mi nueva patria, nunca jamás volveré a Corinto, no quiero matar a mi padre. No soy un parricida. Seré rey de Tebas y me deslizaré en la cama de Yocasta, legítimamente, aprovecharé su cuerpo, y tendré unos hijos, mi descendencia legítima, a los que dejaré el reino, derribando por siempre a Creonte y su intento de usurpar el poder por su descendencia.

—Por favor, ten una duda, la duda que no te encuentras en el recorrido por ti elegido, sino en el de tu trágico destino. La Esfinge te ha engañado.

—No, no, ¿qué dices? —me grita—. ¡Verás! Gobernaré por muchos años, haré de Tebas una ciudad potente. Y seré considerado un rey digno de confianza y sin ambigüedad.

—Son ilusiones tuyas. No ocurrirá así.

—¿Cómo se te ocurre decir eso? —me pregunta.

—Por tu destino. Estás en el recorrido que te lleva a tu destino, el que antes o después se revelará en toda su verdad.

—Veo que a menudo caes en una pesadilla —observa Creonte, mientras van por las calles apestadas de Tebas hacia el palacio real.

Manto tiene apretada la mano de su padre, al que intenta describir la desesperación que contempla alrededor.

—No es necesaria esta descripción —dice Tiresias—, aunque no veo los efectos del contagio, los percibo. Siento que la ciudad tenga tanto sufrimiento y que las autoridades públicas no hayan salido en defensa de los ciudadanos a tiempo.

Creonte pregunta en voz baja y acercando sus labios a una oreja de Tiresias:

—¿Es creíble que esta epidemia está causada por un crimen de hace muchos años? Yo no creo en ese oráculo de Apolo.

—El destino de la ciudad —contesta Tiresias también en voz baja— está vinculado al individual de sus gobernantes. Tebas, por supuesto, paga por faltas de mal gobierno y por destinos individuales muy lejanos, antiguos. Alguna esperanza tal vez puede llegar con los cambios...

—¿Cambios?

—Sí, cambios de pensamientos y de gobernantes.

—No entiendo qué quieres decir —observa Creonte, que añade con voz aún más baja—: Dime, Tiresias, ¿tú sabes ya quién fue el asesino de Layo? ¿Quieres compartir conmigo su nombre?

—No es cosa sencilla, ¡basta ya! —declara Tiresias, ahora en voz alta, y luego guarda silencio.

El palacio real está rodeado por guardias armados que impiden a cualquier persona acercarse. A lo largo de las calles, en los alrededores del palacio, hay mucha población que protesta contra el contagio pidiendo ayudas y medicamentos.

Creonte, abriéndose camino entre la multitud, grita:

—Pasemos por aquí. Conmigo está el profeta Tiresias, él sabrá sacarnos del contagio.

—Ya es suficiente —protestan los demás—, busquemos soluciones concretas.

La muchedumbre causa disturbios. Deben intervenir los guardias armados para despejar el paso hacia el palacio real.

Finalmente, Tiresias, su hija y Creonte están delante de Edipo. El rey parece muy agotado, y Tiresias percibe en su voz bronca y profunda inquietud.

—Por fin estás aquí, Tiresias. Te costó mucho llegar hasta mí. No te conozco, pero Creonte me habló bien de ti. Dame la solución para la salvación de Tebas.

—No tengo ninguna solución. Está en ti la solución.

—Si yo tuviera la solución —declara enfadado Edipo—, por supuesto que no te habría llamado. Tú eres un profeta y debes cumplir el oráculo del dios Apolo.

—Este caso de la peste no se puede soltar con un oráculo. En primer lugar tienes que tomar unas decisiones políticas para limitar la difusión del contagio, como cerrar los lugares públicos e impedir ritos colectivos.

—¿Qué estás diciendo? —grita Edipo—. Tú debes quedarte en tu ámbito. En Tebas hay un asesino que está apestando el aire y a toda nuestra comunidad. Interpretando ese oráculo me debes decir quién es esta persona, quién se oculta entre nosotros. Ya he echado bando, por el cual este delincuente tiene que estar apartado de la ciudadanía lo más pronto posible.

—Está en la naturaleza de las cosas divinas y humanas que un hijo masculino mate a su padre y vaya a acostarse con su madre. Es terrible, pero puede ocurrir. Para los dioses es una historia a menudo contada por los intérpretes del Olimpo;

para los humanos es un cuento abominable, porque hay un parricidio y un incesto.

Un silencio lúgubre envuelve de repente la sala del trono. La pareja real se mira perpleja por un rato, después Edipo estalla, lleno de ira, con invectivas en contra de Tiresias.

—¡Estúpido ciego que no sabe qué decir! Sacadlo de mi vista. Este hombre no es un profeta, sino un charlatán que no sabe lo que dice.

Nadie se acerca a Tiresias, que a su vez despotrica contra Edipo. Manto siente miedo, querría impedir que su padre conteste al rey. Creonte, con gran perplejidad, empieza a arrepentirse de haber propuesto al rey el nombre del profeta Tiresias para la solución de la epidemia.

—A corto plazo —grita Tiresias, en vano retenido por su hija—, también tú, permaneciendo en el recorrido de tu destino, adquirirás la ceguera por tus mismas manos y tu ceguera te traerá sufrimiento y desesperación.

Creonte sale en defensa de Edipo:

—Tiresias, me arrepiento de haberte propuesto como intérprete del oráculo apolíneo. Tú no estás aquí para ofender a nuestro querido rey, que gobierna bien y con conciencia. Tenías solo que indicar al delincuente que apesta Tebas. Basta ya. Si no quieres decir el nombre del asesino, entonces le pido a tu hija que te acompañe a tu casa, antes de que sean tomadas otras sanciones.

—No es cosa buena ni correcta —declara Tiresias— amenazar a quienes están llevando a cabo una acción profética. Ocurre que a menudo el profeta en su patria es desconocido, pero yo sigo diciendo la verdad. No es bastante con decir un nombre, indicar a un delincuente, el oráculo es algo complicado. No es un acto judicial que deba ser desarrollado en el momento del crimen, cosa que no ocurrió. Podría preguntar: ¿por qué? Debería contestar la reina Yocasta.

La reina se siente arrastrada a la situación representada, por lo que interviene con tono de ansiedad y preocupación. Siente peligro.

—Basta, Edipo. Envía lejos a este sinvergüenza, nos está manchando. —Luego se dirige a los dignatarios y añade—: No creáis una sola palabra de las que dice. Está mintiendo.

—El profeta no miente, no puede mentir. Yo sé, porque lo he vivido a través de los ojos de la mente, el pasado y el futuro. Intento convencer para modificar los recorridos de los destinos, pero soy poco creído, como tal vez ocurrirá ahora.

—Está bien, te quiero creer —declara de manera rotunda Edipo, que añade—: Continúa. Amo los retos, tú eres como un enigma, como fue el desafío con la Esfinge. Tu enigma es que la muerte de Layo, el exrey de Tebas, de alguna manera tiene algunas ambigüedades. ¡Veamos cuáles son!

—¡Déjalo ir! Insisto. —Yocasta está particularmente turbada. Añade—: Layo fue matado en un atraco de ladrones. No fue un solo delincuente el que provocó su muerte. Debieron de ser todos jóvenes delincuentes extranjeros que no reconocieron al rey de Tebas.

Edipo se queda perplejo por lo que ha dicho su esposa.

—Si fuera así, el oráculo del dios perdería el sentido y no se habría desatado el contagio debido a que alguien asesinó a Layo.

Ahora todos guardan silencio. Hay suspense, una atención especial hacia quién hará la primera jugada, si Tiresias o Edipo.

Finalmente, es Tiresias quien mueve la primera pieza.

—¿Recuerdas, Edipo, cuando por primera vez llegaste a las afueras de Tebas? ¿Qué te ocurrió?

—Quise desafiar a la Esfinge.

—No, recuerda mejor, me refiero a algún tiempo antes del desafío.

—¡No sé qué decirte!

Tiresias insiste.

—¿No tuviste una riña en un cruce de carreteras con un viejo a caballo?

—No lo recuerdo, han pasado muchos años. Yo era muy joven entonces. Hoy soy adulto, y rey y padre de cuatros hijos adultos. ¿Por qué revivir un pasado tan lejano?

Tiresias responde con fastidio.

—Porque me pediste que investigara quién mató al rey Layo.

—¿Quieres decir acaso que soy yo el investigado?

—Estoy reconstruyendo las circunstancias del asesinato de Layo para descubrir a su asesino.

—Entonces, ¿me estás acusando a mí? ¡Es una locura!

El pánico cunde entre los presentes. Manto querría llevarse a su padre. Yocasta continúa diciendo que ya no deben escuchar a Tiresias. Creonte se siente responsable de lo que está pasando, pero no sabe qué hacer.

Tiresias acosa.

—No puedes haber olvidado, llegando a Tebas, la muerte de un pobre viejo porque estaba bloqueando tu camino con su caballo.

—¿Qué dices? Yo no voy por las calles de Tebas matando a pobres viejos. Exageras con esa acusación.

—Dime, llegando a las afueras de Tebas, ¿te paleaste con un prepotente?

—Formulada así la pregunta es diferente. Estoy empezando a recordar. Yo no tolero a los soberbios. Por tanto, puede ser que castigara a un prepotente. Para la prepotencia no hay una edad, los prepotentes pueden ser jóvenes y ancianos.

—Ahora las cosas están más claras —declara con más calma Tiresias—. Admites que es posible que mataras a un hombre en el cruce de carreteras a las afueras de Tebas. Y yo te pregunto: ¿no viste que el hombre a caballo llevaba las insignias reales? ¿No pensaste que aquel viejo prepotente pudiera ser el rey de Tebas?

—¿Qué pretendes insinuar, que yo cometí un regicidio? No, no distinguí ningún signo que pudiera hacerme entender con quién me encontraba. Además, el vil hombre a caballo tenía una escolta de pocos esclavos, no como debe ser para un rey.

—Al fin y al cabo —sentencia Tiresias—, mataste a un viejo que era el rey de Tebas, cuyo nombre era Layo.

—Si es verdad lo que dices, Tiresias, y no me estás engañando, yo maté al rey de Tebas, pero sin saber que no estaba matando a un viejo soberbio, sino a un rey, lo que no haría jamás.

—No sé si con esta declaración tuya, Edipo, hemos cumplido con el pedido divino de que se aleje de la ciudad el responsable del asesinato de Layo para interrumpir la epidemia.

—Yo creo que sí. Layo falleció por mi mano no como rey, sino como hombre prepotente. Basta ya, el oráculo se ha resuelto.

Edipo se levanta de su asiento e intenta volver la espalda para entrar con Yocasta en las habitaciones del palacio.

—No creo que en este momento el contagio haya terminado —exclama en voz alta Tiresias, que súbitamente añade—: También porque hay más.

Yocasta empuja a su marido para que no se dé la vuelta, diciendo que lo dejen en paz. Tiresias no es un profeta, es un loco impostor.

Tiresias acosa preguntando:

—¿Quiénes son tus padres, Edipo? ¿De dónde vienes? ¿Estás seguro de que no eres de Tebas, que no has nacido como ciudadano tebano?

Este es el momento más difícil. Tengo que desentrañar el misterio, abrir los secretos, entrar en el destino de Edipo.

Me causa mucho sufrimiento representar una realidad diferente a la que la pareja sueña. La pareja real ha sido hasta ahora segura y feliz. Muchas fueron sus ilusiones, pero el destino en ese momento se pone en contra de quien se ha creído muy potente. Veo a mi alrededor mucha tristeza.

Tengo que decir la verdad. ¿El destino de Layo pudo ser diferente? ¿Por qué tengo que mirar el destino de Layo?

Layo y Edipo, un padre y su hijo. Estamos enfrente de dos destinos que se cruzan y, además, que se sobreponen, lo que hace pensar que de verdad los pecados de los padres recaen sobre sus hijos.

—¿Cuál es tu nombre? —pregunta Layo al joven hermoso, quien permanece en la puerta de la habitación donde lo ha acompañado, según la indicación del padre, Pélope—. Tu padre fue muy acogedor —dice Layo al joven, al cual quiere explicar por qué está allí—. Soy un rey en el exilio. —Después añade—: Volveré a mi patria, a Tebas.

Los dos guardan silencio.

—Puedes venir conmigo, si quieres —dice Layo rompiendo el silencio—. Entonces, ¿cuál tu nombre? —insiste.

—Me llamo Crisipo —dice el joven, permaneciendo ante la puerta—, y me gustaría ir contigo a Tebas. Además de mi ciudad, no conozco otras ciudades. Me gustaría ir contigo.

—Bien, aún permaneceré aquí unos días, después podríamos marchar hacia Tebas —declara Layo.

Veo a Layo muy excitado, rojo en el rostro. ¿Por qué este rubor? «¿No ves de qué hermosura está hecho el cuerpo de este joven? Es un efebo maravilloso», me dice. «Estoy seducido, es más atrayente que una hermosura femenina. Mi deseo sexual estalla», me grita. «El deseo sexual crece, quiero alcanzar el máximo gozo con él».

«Apártate de ese deseo, estás entrando en el destino de las Moiras», le digo. «No me interesa. Ahora mi destino es raptar y violar a ese joven supremo».

Edipo, como es su costumbre, acepta el desafío. Retoma su prestigioso puesto y se enfrenta a Tiresias, declarando:

—Mis padres fueron de Corinto. Mi padre fue rey de la ciudad. Y yo fui su único hijo. No puedo ser de Tebas, no nací en Tebas, pero lo soy porque adquirí el poder con mi coraje y mi tenacidad. ¿Adónde quieres arrastrarme, viejo ciego?

—Quiero conducirte a la verdad, para liberar Tebas de la peste.

—¿Por qué despreciar de este modo la hospitalidad que te ofrecí? —dice llorando el viejo Pélope.

Veo a Layo, que está a punto de partir, de volver a su ciudad. Deja a Pélope con una gran desesperación.

—Si no fuera por este gran dolor —grita Pélope—, te mataría al instante.

—¿Por qué tanta rabia contra mí? —pregunta inquieto Layo, que añade—: Solo he amado a tu maravilloso hijo. He experimentado gran placer al apretar su cuerpo magnífico. Le he dicho que puede venir conmigo, que será mi hijo y heredero de mi trono en Tebas.

«Layo, estás dentro del recorrido de tu destino. Para la carrera, antes de que sea demasiado tarde. Pide perdón a Pélope, no seas cínico», le digo.

—No pasa nada si no te mato —dice Pélope—. Pido máxima venganza a los dioses, y esta venganza debe ocurrir a través de un oráculo ambiguo y enigmático, que no debe jamás darte alivio.

—¿Por qué tienes, Pélope, esta saña contra mí? —Layo no se da cuenta del odio hacia él.

—Mi hijo —declara Pélope entre lágrimas— se suicidó esta noche por tu agresión sexual.

—No es posible —confiesa Layo—. Crisipo fue feliz conmigo anoche.

—Tú jamás serás feliz. ¡Nunca jamás! —recalca con rabia Pélope.

—Antes de que digas más mentiras, te arrojaré mi verdad a la cara —exclama con determinación Edipo—. Me persigue una maldición que me reveló un oráculo de Apolo emitido en Delfos: yo mataría a mi padre. Desde el momento en que escuché esta frase ya no me dejó en paz y viví día tras día sin tranquilidad alguna, siempre con la preocupación de convertirme en parricida. Evitaba a mi padre, que estaba muy preocupado por mis comportamientos, hasta que decidí que era mejor irme de mi ciudad, irme de Corinto. Elegí Tebas porque es una ciudad lejana de Corinto y porque me gustaba poder desafiar a la Esfinge, de la que supe su extrema capacidad enigmática.

—Pero no tuviste duda sobre tu destino —insinúa Tiresias.

—¿Cuál duda? Estaba convencido de la bondad de mis elecciones, y ahora más, porque hace unos días recibí una noticia en parte triste y en parte liberatoria, llegada de Corinto y traída por mi esclavo fiable: ha fallecido mi padre, el rey de Corinto. Lo siento por la pérdida de mi padre, pero estoy feliz porque al final ya no tengo pensamientos de convertirme en parricida.

—Aquí te equivocas, porque das por sentado que eres corintio y no tebano.

Una vez más, el palacio real cae en un silencio ensordecedor. Después, el grito desesperado de Yocasta lacera el aire.

—Envía lejos a este sombrío y mentiroso hombre. No lo escuches, Edipo. Volvamos a nuestras habitaciones, a nuestros hijos.

—¿Por qué ya no quieres hacerme el amor? —dice Yocasta, apenada—. Han pasado muchas noches desde que volviste y me has estado descuidando. Quiero un hijo, quiero amor y un hijo.

Veo la desesperación en la cara de Layo.

«¿Cómo planeas lidiar con el siniestro oráculo?», le pregunto a Layo. «No amaré a mi mujer», me dice Layo. «¿Por toda la vida conyugal?», pregunto. «Sí, por toda nuestra vida. No deseo ser matado por mi hijo. Mejor no traer ningún niño mío al mundo», dice Layo. «¿Podrás abstenerte de tener relaciones sexuales con tu esposa? ¿Y tu esposa aceptará esta abstinencia sexual?». «Deberá aceptarla. Mi vida está en juego», me dice Layo. «¿Tú crees en este oráculo?», pregunto. «Sí creo, pero puedo bloquear mi destino actuando sobre las circunstancias. Tengo que impedir tener un hijo».

«El destino a menudo engaña. Te ataca por detrás», le digo. «Yo sé cómo defenderme», dice él. «Los humanos tenemos una debilidad, que nos toma y nos hace sucumbir: la pasión sexual puede tal vez vencer a nuestras decisiones». «No es mi caso. Tengo que defender mi vida. No debo tener relación sexual con mi esposa, y sé cómo hacerlo. Mi esposa puede abstenerse de tener relaciones sexuales; yo, en cambio, las cultivo en burdeles. Tendré relaciones con prostitutas, que me harán olvidar la abstinencia con mi esposa». «Te repito, no confíes demasiado en ti mismo».

—¿Por qué no permites que tu esclavo fiel, el que te trajo la noticia de la muerte de tu padre, sea el testigo que confirme que tú, efectivamente, eres el hijo corintio natural y no adoptivo del rey fallecido? —pide Tiresias.

Yocasta, que sabe que Edipo acepta siempre cualquier reto, se arroja encima de su marido e intenta empujarlo hacia las habitaciones.

Edipo empuja a su esposa hacia atrás y se gira a sus servidores, invitándolos a traer ante él al esclavo corintio.

—Sabes, viejo ciego, que yo no te temo. Aún no sé a dónde vas con esto.

—La verdad, yo busco la verdad —grita enfadado Tiresias.

—Por fin puedo abrazar tu cuerpo con toda mi pasión y hacer que me ames —exclama excitada Yocasta, mientras que su marido se acuesta con ella.

«Mira, Layo», le digo, «no has sido capaz de abstenerte de tu esposa y veo que estás borracho». «Necesitaba hacerle el amor a mi esposa. Estoy cansado de las prostitutas y de los burdeles. Además, el vino tinto derriba todos los escrúpulos», me dice Layo.

«¿Y si viene al mundo un hijo no deseado? ¡Estás desafiando al destino!». «Encontraré una manera de deshacerme de él», me dice.

—Dime, tú que has sido mi esclavo desde la infancia y la primera juventud, dime con franqueza, ¿yo de quién soy hijo?

El anciano esclavo corintio está particularmente asustado. No tiene el coraje de mirar a la cara a Edipo.

—Sí, mi señor, tú eres hijo de los reyes de Corinto. Y yo he venido aquí a Tebas para anunciarte que tu padre ha fallecido por enfermedad.

—Esta es la verdad —grita Edipo—. Soy hijo de Pólibo y Mérope. Hijo único de los reyes de Corinto. Ahora que me llegó la noticia de la muerte de mi padre, estoy satisfecho por la decisión que tomé de marchar joven desde Corinto. ¡No soy un parricida!

—¡Si tú lo dices! —exclama altivo Tiresias, que enseguida pregunta—: ¿Quién ha matado a Layo?

—Layo no fue mi padre. ¡Mientes, profeta malvado!

—Entonces, pregunta a tu esclavo quién fue tu padre natural.

—Ha dicho el rey de Corinto, Pólibo, que hace poco tiempo falleció.

—No, pregunta quién fue tu padre natural y no adoptivo.

—¡Basta ya! —grita desesperada Yocasta—. Alejémonos pronto. Luego será tarde.

—Tiresias no puede ganar. Él no sabe mi destino. Es un viejo ciego e ignorante —declara, y después toma de la mano al esclavo corintio, lo arrastra hacia sí y le ordena—: Cuéntame, ¿los padres de Corinto fueron padres naturales o adoptivos?

El esclavo calla. Edipo acosa:

—Cuéntame, no tengas miedo. Dime la verdad.

—Lo siento, los padres de Corinto fueron padres adoptivos. La reina Mérope no podía tener hijos, así que le entregué un niño, o mejor un bebé recién nacido que había recogido en el monte Citerón, cerca de Tebas, adonde había llevado mis cabras a pastar.

—Por fin logré tener un hijo —dice Yocasta—, ¿y tú me lo quieres quitar? ¿Por qué?

—Porque una vez que crezca me mata —le contesta Layo.

—Pero eso es infanticidio.

—Es un bebé destinado a ser un parricida. Escúchame, Yocasta, que nadie lo sepa. Lo llevaremos a perderse en el monte Citerón.

«¿Y tú crees que con esta estratagema desorientas el destino?», digo yo. Layo no me contesta.

—¿Quién lo lleva? Yo no quiero hacerlo —dice Yocasta.

—Ni yo tampoco —admite Layo.

—¿Quién, entonces?

—Un esclavo fiable —propone Layo.

—Cuéntame cómo ha ocurrido —pide Edipo con una calma aparente.

Entonces, primero con desgana y luego con más convicción, el esclavo corintio cuenta cómo llegó a poseer al recién nacido tebano.

—Estaba pastando, como todos los años en primavera, con mis cabras por los prados del monte Citerón, lejos de Corinto, cuando oí el llanto de un bebé. Vi a un hombre, un esclavo tebano, que me dijo que estaba abandonando a un crío por orden del rey de Tebas. Entonces, por compasión y pensando en mis reyes de Corinto, que no tenían hijos, pedí al tebano si me entregaba a mí el bebé. Nadie conocería este hecho, y él podría decirle al rey que el recién nacido había fallecido a causa de los animales salvajes del Citerón.

En este punto se adueña del palacio real otra vez el silencio al conocer una terrible verdad.

Yocasta, acompañada por sus sirvientas, se retira a las habitaciones, diciendo que tiene que atender a los hijos.

Creonte insinúa una sonrisa, pensando que se está acercando el momento de conquistar el poder en Tebas.

Manto ha renunciado a llevarse a su padre y espera a que termine todo. Edipo, por su parte, está muy avergonzado. Sin embargo, no renuncia al choque final con Tiresias y con la verdad.

Dirigiéndose al esclavo corintio pide:

—¿Está aquí entre nosotros quien te entregó al bebé recién nacido? ¿Es un esclavo tebano?

—¡Sí! —responde el corintio—. Vive apartado bajo la protección de la reina. Apenas llegué a Tebas me lo encontré en el palacio real y nos hemos reconocido y nos saludamos afectuosamente.

—Lo quiero aquí frente a mí, él es el testigo clave en todo este asunto.

Por muy testarudo que sea en los desafíos enigmáticos, Edipo quiere llegar al fondo del asunto cueste lo que cueste.

Un viejo maltrecho y cojo avanza con dificultad hacia Edipo y le dice:

—Aquí estoy. Soy yo quien tuvo la tarea de dejarte en la montaña llamada Citerón. Fui yo quien entregó en las manos del corintio, aquí presente, al bebé, hijo de nuestros reyes tebanos, para salvarlo de la agresión de los animales salvajes y feroces. Cuando volví al palacio real no dije nada del salvamento del niño y prometí, bajo juramento, delante de los dos dueños reales tebanos, que jamás revelaría a nadie mi tarea, que debía consistir en hacer morir al recién nacido.

Edipo, aún impasible, se dirige al esclavo corintio para demandar:

—¿Confirmas cuanto ha dicho el esclavo tebano?

—Sí, confirmo que los hechos se desarrollaron de esta manera.

El palacio real está sumido en un silencio horripilante.

—¡Basta ya! —grita Edipo. Es un grito animalesco que hiere el aire—. Tú has ganado, feo ciego vestido como profeta. He perdido, porque estoy dentro del destino y el enigma es mi compromiso. Ahora soy parricida e incestuoso. Mi madre es mi esposa y yo maté a mi padre. Mis hijos son mis hermanos. Ahora tengo que ir a las habitaciones para prepararme y dejar Tebas, porque mi edicto para quitar el contagio de la peste se aplica contra mí mismo. Dejo el poder a Creonte, a la espera de la legítima sucesión de los hijos.

—Párate, Edipo. Estás aún a tiempo —exclama inquieto Tiresias—. Puedes modificar el destino. Esta es la parte más fea y violenta de tu vida y de la vida de Yocasta. Detén también a Yocasta, si no es ya tarde. Tienes aún una posibilidad de que tu vida sea digna de ser vivida.

—Aléjate de mí, innoble profeta —despotrica Edipo—. Me has conducido a una verdad innombrable.

—Nada es innombrable y todo es posible mientras haya vida.

—¿Cómo te atreves a decir que en la vida todo es posible? Eres un embustero. Estoy en la condición abominable de ser un parricida y de haber tenido una relación sexual incestuosa con mi madre. Y tú me dices que mientras haya vida todo se puede. Esto se llama aberración.

—¡Lo que alberga el ánimo humano no puede ser llamado aberración! —dice con calma filosófica el profeta—. Lo que ha ocurrido pertenece a tu destino, Edipo, sin quererlo. Ahora es más conveniente para ti y para Yocasta salir fuera del recorrido impuesto de las Moiras. Y si hay aún tiempo para una chispa de conciencia, no continúes los enigmas. Mira la realidad a la cara. ¡No te hagas a ti mismo otro mal!

—Tus palabras consolatorias son viles, indignas de un profeta verdadero. Ahora sé cuál es mi nuevo recorrido, porque soy dueño de mi vida y de mi destino. No temo a los dioses.

Edipo accede a las habitaciones del palacio real, y entonces le anuncian que la reina Yocasta se ha suicidado.

—¡Demasiado tarde! —declara desconsolado el profeta Tiresias.

# 4

# Una mujer contra el poder

Nuestra psique está angustiada por malos pensamientos, que se vuelven trastornos mentales y no tenemos nunca paz. Hay mucho sufrimiento.

Edipo sufre, sufre en la cabeza, sufre en el corazón, sufre en el alma. Lo veo avanzar a paso muy lento hacia su destino, el más trágico y violento. Su mirada va donde están las sombras que lo atormentan.

—Alejaos de mí, sombras malditas, lejos de mí —suplica sin aliento Edipo.

Un rostro surcado de arrugas le grita ante sus ojos:

—¿Por qué? ¿Por qué matarme, si yo fui tu padre?

Entre las blancas sábanas de la cama real aprieta con su pubis el de una mujer que le está gritando: «¿Cómo puedes penetrarme a mí, que soy tu madre?».

—¡No! Lejos de mí, sombras podridas, caras insoportables, sangre que hierve en las venas. No sé soportar esta abominable culpa.

A su alrededor cuatro niños lo atacan con preguntas embarazosas: «¿Pero eres nuestro padre o nuestro hermano?».

—Deja de torturarte, Edipo —le digo—, solo te estás haciendo daño a ti mismo. ¡No vayas hacia el abismo!

—Debo imponerme una pena grave —responde Edipo—, una pena que me haga sufrir por lo que hice. Nadie, ni siquiera un dios, podría salvarme con el perdón. No hay perdón para lo que hice. Una condena, una condena para mí.

—No es culpa tuya —le grito—, tú no tienes la culpa. Fue el destino. La culpa es de las Moiras. Tú no lo sabías, Edipo. No sabías que estabas matando a tu padre. No sabías que bajo las blancas sábanas el cuerpo femenino que penetrabas era el de tu madre.

—Es fácil así, el inconsciente salva. No, seas quien seas, no me engañes más. Para mí no hay salvación.

—Así completas el acto final de tu destino.

—No, yo estoy fuera de mi destino —dice Edipo—, porque cada acontecimiento es elegido por mí. Tengo libre albedrío también ahora, como siempre. Nadie me manda y siempre me ha gustado jugar al azar. Mi libertad es única e impagable.

—La tuya es pura ilusión —le digo yo—. No hay libre albedrío, sino necesidad de acontecimiento. Te parece que eres tú quien elige, pero no es así. Nosotros estamos hechos de leyes biológicas y estamos sometidos a ellas.

—Mi ley moral me indica cómo castigarme, y nadie puede impedírmelo. He visto demasiado para seguir viendo.

—No —le grito—, no actúes sobre un bien preciado que nos permite disfrutar de la belleza sensible. La ceguera es falta de luz. Ríndete y deja de lado el heroísmo estúpido y contraproducente. Más vale un antihéroe con mirada sensible que un héroe ciego y con sufrimiento. Yo soy ciego por voluntad divina, no lo seas tú por voluntad humana, la tuya.

—Mi ceguera —dice Edipo— será por el pago de un pecado abominable: no olvides que maté a mi padre, quien dio la semilla para mi nacimiento, y penetré con mi órgano sexual a mi madre, quien me creó y me parió. Y no olvides tampoco que mis cuatro hijos son mis hermanos. No hay mayor aberración. Por tanto, no puedo ser perdonado por nadie, ni siquiera por un dios.

—Aquí te equivocas, hay una salvación. No hagas algo mal. Recupera y aprovecha lo poco que la vida pone a tu alcance. No todo está perdido.

—¿Quién eres tú para hablarme así? No quiero escucharte. Voy donde yo quiero ir por mi libertad.

—Te veo, es terrible. Vas donde está sin vida, colgada de una soga, Yocasta, tu madre y esposa, y allí ante ella te perforas los ojos con su broche. Y después, con dificultad, a tientas intentas regresar a la sala del trono para que todos te vean con tu máscara de sangre y dolor.

—Padre, ¿has podido asistir directamente a los acontecimientos trágicos de los reyes Yocasta y Edipo, también en el momento del máximo sufrimiento?

Manto quiere ser dulce con Tiresias. Quiere mostrarle cariño y atención. Le toma su mano derecha y lentamente se la hace pasar sobre las líneas de su cuerpo femenino. Tiresias, que no se esperaba este gesto, tiene un sobresalto.

—No te preocupes, padre. Sé que esto para ti es alivio tras tanta tensión en el palacio real. Te conduje a nuestra casa, pero ha sido como dejarte allí en las habitaciones del palacio real con tu mente y tu espíritu.

—Gracias, hija mía, por tanta atención hacia mí, de la que tenía necesidad, porque viví ratos muy difíciles de la vida de

Edipo. —Tiresias se abandona a las caricias de Manto, mostrando temblores de placer de vez en cuando. Después añade—: Son justamente estos momentos sencillos de abandono con mucha dulzura los que deberían hacernos apreciar la vida. Son los pequeños gestos, y no los heroicos, los que deberían siempre acompañarnos. Además, ¿por qué no dejarme ir con tus caricias, las caricias de mi hija? ¿Por qué tenemos siempre el ansia de poner un nombre a las cosas que hacemos y no las vivimos por lo que simplemente son? Nuestro mal es el heroísmo. Edipo se provocó la ceguera para no traicionar a su modelo de héroe imbatible y artífice de su destino, ignorando que no existe libre albedrío.

—¿Y Yocasta? —se entromete Manto con una pregunta ambigua.

—Para Yocasta hay otra oración —contesta Tiresias sin dificultad—. Yocasta fue víctima de su condición femenina. Su locura, provocada por el descubrimiento de que su esposo era también su hijo, fue causada por el tabú del incesto, pero sobre todo por la gran pasión que tuvo por Edipo. El suyo fue un amor total, un sexo explosivo, que nunca antes había experimentado. El fin de un amor tan potente provocó el trastorno mental por encontrarse otra vez en una condición femenina privada de amor, como fue con su primer marido, Layo.

—Padre, está aquí Antígona, la hija de Edipo, y quiere hablarte. —Manto parece particularmente agitada por la inesperada presencia en su casa de la hija de Edipo, que hacía mucho tiempo que se había alejado de Tebas, junto con sus dos hijas, para buscar hospitalidad en algún lugar de Grecia.

—¿El rey Edipo ha vuelto a Tebas? —pregunta Tiresias con cierta indiferencia.

—No, no ha vuelto, porque falleció lejos de su patria —contesta Antígona con voz débil, interrumpida por sollozos.

—¿Dónde murió? —pregunta Manto.

—Es un relato muy largo. No sé si os puede interesar —dice la joven.

—Por supuesto que nos interesa, no solo porque Edipo fue nuestro rey, también porque de alguna manera yo he sido causante de su exilio —confiesa Tiresias, admitiendo su rol en el descubrimiento de la verdad sobre Layo y el nacimiento de Edipo.

—Después de sacarse los ojos con sus manos, mi padre nos alcanzó con dificultad y aún sangriento. Quería hacer ver a los cuatro hijos su coraje desesperado y cómo su pecado fue castigado por sí mismo, diciendo que debería ser una lección importante para todos los jóvenes. Quería servir de ejemplo en un mundo de incapaces. Los hermanos Etéocles y Polinices no quisieron ver a mi padre, ocultaron sus caras atrás de la capa. Mi hermana Ismene escapó fuera de la habitación, me quedé a solas mirando a mi padre en toda su ferocidad. Tenía una máscara, que a mí me pareció un enigma, la búsqueda de una nueva luz que debía darle al final una tregua a su sufrimiento. Las dos cavidades, en lugar de ojos, parecían dos vestíbulos para el más allá. Tal vista me provocó lástima y conmiseración. Me dije que nunca dejaría a mi padre a solas, lo acompañaría dondequiera que fuera. El destino de mi padre ahora era el exilio, marcharse de Tebas y liberar la ciudad de su funesta presencia. Les dije, después de un rato, a mis hermanos que no debíamos nunca abandonar a nuestro padre y teníamos que seguirlo en el exilio. «¿Estás loca?», me dijo Etéocles. «Si también nosotros nos marchamos de Tebas, adiós al gobierno de la ciudad. Nos pertenece. Nuestro tío Creonte se hará con el poder y luego se lo entregará a su hijo Hemón». «No sería malo», dije yo, «si dejamos el poder de Tebas a Creonte y vamos lejos de la ciudad para vivir todos juntos con nuestro padre aliviando su sufrimiento». Polinices me abrazó y me dijo que lo que había presentado era puro sueño. La realidad era quedarnos en la ciudad de Tebas y luchar por el poder. Nuestro padre podía marcharse lejos de Tebas acompañado por unos esclavos. Nosotros, sus hijos, teníamos que quedarnos en la ciudad, por nuestro derecho. Yo estallé y grité que jamás descuidaría a nuestro padre y que inmediatamente dejaría nuestra infeliz patria. Quien quisiera seguirme tenía que moverse enseguida. Me siguió solo Ismene, que encontró el coraje de mirar a su padre herido. Erramos por ciudades y países de Grecia, humillados, pues éramos los malditos por incesto. La mala fama nos precedió, estábamos desanimados. Ver a dos mujeres, aunque jóvenes, que sostenían a un viejo con una cara horrible por las dos cavidades orbitales, en lugar de compasión, creaba un terror espeluznante. Nuestro padre seguía diciendo que lo mejor era que lo dejáramos en un rincón de un sendero de campo en las afueras de cualquier ciudad para que muriera por hambre y por privaciones, como debía ocurrir cuando fue abandonado en el monte Citerón de recién nacido. Claro que yo nunca pensé que pudiera hacer una cosa semejante, ni siquiera mi hermana Ismene, aunque tuviéramos muchas dificultades acompañando a nuestro padre.

—Es un relato muy triste y desalentador —observa Manto, sobrecogida por una fuerte emoción. Y añade—: Me siento cerca de ti, Antígona, porque yo también tengo un padre ciego que necesita ayuda.

—No fue solo un problema de ayuda y de apoyo, sino de marginación. No hay nada que sea más terrible que sentirse echados fuera del género humano. No éramos ni siquiera bestias. Este padecimiento duró hasta que llegamos al pueblo de Colono, cerca de Atenas. El rey de Atenas, Teseo, estaba advertido de nuestra llegada, por lo que envió a Colono a unos mensajeros con el compromiso de acoger al rey de Tebas y conducirlo al bosque sagrado de las Euménides. Allí al final nuestro padre podría buscar su paz y serenidad. De tal modo estaba readmitido en la comunidad humana. Eso fue fatal, la serenidad del alma cerró su vida, y falleció en mis brazos.

—¿Dijo algo antes de morir? —pregunta Tiresias.

—Sí —contesta emocionada Antígona—. El suyo fue un testamento espiritual. Habló muy despacio e hizo esta recomendación: «Di a tus hermanos, Etéocles y Polinices, que antes de emprender cualquier acción para conquistar el poder en Tebas, recurran a Tiresias, el gran profeta que habla al corazón, y que lo escuchen antes de que sea demasiado tarde para ellos también».

—Este arrepentimiento de Edipo hacia mí me consuela —observa el profeta—, y me da alguna esperanza de que en el alma humana una semilla pueda germinar.

—Aquí te equivocas, Tiresias —dice de manera rotunda Antígona—. Ninguna semilla hay en el alma de mis hermanos. Apenas les referí el testamento, después de regresar a Tebas con

Ismene, enterrado nuestro padre en el bosque sagrado de las Euménides, Etéocles y Polinices rechazaron inmediatamente la posibilidad de ponerse en contacto contigo, diciendo que eres un mentiroso y falso profeta. Añadieron que ellos sabían cómo ganar el poder, poniendo fuera de juego al tío Creonte. Así que preferí venir yo a preguntarte si me ayudas a leer el futuro próximo y cómo salvar a mis hermanos.

—Te agradezco la confianza que depositas en mí —confiesa Tiresias—, pero realmente no sé cómo ayudarte a salvar a tus hermanos Etéocles y Polinices.

—Padre —interviene Manto—, no puedes abandonar a Antígona en un momento tan difícil, a merced de hombres agresivos.

—Quiero solo saber si mis hermanos pelearán entre sí —dice Antígona—. Porque estoy segura de que Creonte aprovechará las circunstancias para imponerse él y conquistar el poder.

Por supuesto que los hermanos pelearán entre sí, esto lo sé, lo imagino sin ver.

—Etéocles, entrega el cetro —digo—. El tiempo asignado ha terminado. Compartiste en presencia de Creonte el cambio con Polinices después del año, y el año ha transcurrido. Ahora es Polinices quien tiene el derecho a mandar.

—¿Quién eres tú para hablar así? —pregunta Etéocles—. ¿Estás acaso a favor de mi hermano mayor? El derecho pertenece al más fuerte, y yo soy más fuerte y los tebanos tienen fe en mí. Además, mi tío Creonte me apoya a mí, confía en mí, me ha dicho que seré yo el descendiente que tenga que sanar la raíz maligna de Layo y sus antepasados.

—¿Por qué le sigues el juego a Creonte? —le digo con mucha ansia—. Creonte quiere el poder para sí y para su hijo Hemón.

—No, Creonte me apoya, lo ha dicho claro. Me apoya contra Polinices, que es un traidor. Parece que estás convenciendo al rey de la ciudad de Argos para hacer la guerra contra Tebas, y parece que sea él quien lidere el ejército argivo para entrar en Tebas a través de una de las puertas de acceso. Estoy bien informado para que no me tomen por sorpresa. Pondré adecuada defensa enfrente a cada puerta tebana y delante de una estaré yo personalmente, con mis armas listo para golpear a quienes tienen el ardor de penetrar en la ciudad, aunque fuera mi hermano Polinices. Lo mataré sin pensarlo dos veces.

—Se llama fratricidio.

—Y yo soy hijo de un parricida. Hemos ido más allá.

—Aún tienes alguna posibilidad de volver atrás —digo yo—. Esta es una de las pocas ocasiones en las que puedes ejercer el libre albedrío. Luego no será posible, porque estarás en el recorrido de tu destino, como lo tejieron las Moiras.

—Sin embargo, mi destino es ganar el poder de reinar sobre Tebas —dice Etéocles—, y nadie me lo impedirá.

—Llevarás a cabo el destino asignado a ti y a tu hermano, con vuestra mutua matanza.

—¿Por qué intentas una alianza con Adrasto, el rey de Argos? —pregunto yo.

—¿Quién eres tú para decirme qué hacer? —grita Polinices—. Déjame en paz.

—¿Atacarás con guerreros argivos tu ciudad? ¿Sabes cómo se llama esta elección? Traición.

—No, yo soy tebano, busco aquí en Argos un aliado para reprenderme mi legítimo cetro. Mi hermano Etéocles es un usurpador, niega el acuerdo de alternancia en el gobierno de la ciudad, recibe el apoyo de Creonte y me expulsa de Tebas. ¿Qué tengo que hacer? Para lograr mi objetivo busco fuerzas fuera de Tebas. Es el principio de realidad.

—No —le digo—, es el recorrido de tu destino, y no lo sabes.

—¡No, la guerra no! —grito sin ser escuchado.

Corro por las calles de Tebas, corro hacia las siete puertas que comunican los suburbios con el centro de la ciudad. Jóvenes tebanos guerreros y comunes ciudadanos van en dirección hacia las puertas.

Etéocles está ante todos, manda e incita a ser héroes valientes. La ciudad debe defenderse de los ataques de los guerreros argivos capitaneados por su hermano traicionero Polinices, que no merece ninguna piedad, va diciendo.

Me pongo ante unos argivos y después ante unos tebanos, como si quisiera dividirlos para evitar el choque.

—Parad, parad, la guerra es una mierda. La guerra es el olor pútrido de la sangre y del dolor. No creáis en el heroísmo, no creáis en el amor a la patria, creed en la vida y la supervivencia.

—¿Qué te pasa? —grita alguien.

—¿Quién eres? —grita un argivo—. ¿De qué parte estás? ¿Eres de Argos o enemigo?

—¿Por qué no tienes arma? ¿Eres un cobarde? —dice un tebano, que añade—: ¿No quieres defender tu patria?

—¿Qué patria? —pregunto—. Cualquier lugar puede ser una patria. ¿Por qué hacer una guerra por la patria?

—¿Cuál es la puerta que Polinices está cruzando? —pregunta como un loco Etéocles a sus soldados—. Tengo que ser yo quien lo enfrente y lo derribe.

Lo veo que corre hacia la puerta donde está Polinices.

—¿Por qué tanto odio en ti, Etéocles? No sé explicar cómo un ser humano odia a muerte a otro ser humano, y menos que alguien odie a su hermano.

Paro a un joven guerrero tebano y le digo que no mate a ningún argivo. Él podría parar la cadena de las muertes y abrir una nueva esperanza de intercambio de sentidos de vida.

—¿Quién eres? —pregunta excitado el joven argivo—. ¿Por qué no estás matando a ninguno? ¿Eres acaso tebano? Si es así, te debo matar.

—Matar, matar, solo matar —digo yo—. No soy ni tebano ni argivo. Soy hombre y fui mujer. La belleza de la vida está en el placer de los sentidos. Si tú los apagas dándome la muerte, me quitas algo divino que es el vivir y me envías a la nada.

—No entiendo lo que dices. No me pareces peligroso, sospecho que no eres ni amigo ni enemigo. Te dejo ir.

Voy hacia la puerta delante de la que se producirá el choque entre los dos hermanos.

Todos se paran, todos miran a los dos hermanos que se enfrentan. Uno quiere pasar, el otro quiere impedir la entrada.

—Etéocles, deja pasar a tu hermano —grito. Después me dirijo a Polinices—: No entres, es algo inútil.

—¡Es la guerra! —dicen los demás—. Tiene que ganar uno solo, o Etéocles o Polinices. Si vence Etéocles, los argivos están derrotados; si vence Polinices, Argos manda en Tebas.

—La realidad es siempre una sorpresa. El destino sigue rumbos inesperados.

No fallecerá uno solo, sino los dos hermanos juntos. La mala suerte cae sobre Tebas. Ninguno de los hijos masculinos de Edipo tendrá el poder.

El nuevo dueño de Tebas será Creonte, y será un caudillo, un dictador. «Si esto va a pasar, ¿por qué matarse?», digo yo.

Nadie me escucha. Todos esperan el resultado del enfrentamiento. Dicen que es una pelea épica sin restricciones, que se hace historia.

—Pero estas son puras tonterías —digo yo—, son invenciones de quienes quieren mandar y dominar. Aquí no hay héroes, aquí hay jóvenes a punto de dar la vida por una mierda.

—¿Quién eres para hablar así? —dicen todos los presentes—. Tu oración es de un canalla y sinvergüenza. La vida pertenece a los más valientes y fuertes.


—Padre, ¿qué pasa?

Como otras veces, Manto aprieta el cuerpo de Tiresias para intentar contener las fuertes vibraciones causadas por emociones intensas.

Sin problemas, como si permaneciera dentro de su sueño, que es una pesadilla, el profeta continúa expresándose y contando la singular experiencia de conocer un futuro que está por suceder.

—No se detienen, se acercan. Se miran a la cara. Son los hijos de Edipo y Yocasta, son hermanos, crecieron juntos.

Etéocles habla primero y dice: «Uno de nosotros será fratricida, como nuestro padre fue parricida. El fratricida seré yo, porque te mataré y seré rey de Tebas como fue nuestro padre. Pero te mato también porque eres un traicionero, has venido a las puertas de Tebas con un ejército extranjero. No es ni patriótico ni heroico». Polinices no dice nada, ataca, intenta golpear con la espada el costado de su hermano guerrero. Etéocles evita el fondo, y en el mismo momento él lo golpea en el pecho, y mientras este se desploma lanza su corte mortal, esta vez en el corazón de Etéocles. Los cuerpos de los dos hermanos, hijos de Edipo y Yocasta, yacen dando el último suspiro uno encima del otro.

—¡Entonces mis dos hermanos se matan entre sí! —exclama desesperada Antígona—. Esto es lo que ocurrirá, ¿es verdad? —pregunta llorando.

—Mi padre no falla nunca —dice Manto—, porque él tiene el don de los dioses de penetrar en los acontecimientos, de vivirlos con anticipación, de derribar el tiempo; para él no hay ni presente ni pasado ni futuro. Pero es para su alma un gran sufrimiento, porque se descubre impotente, querría modificar los eventos pero nadie lo escucha.

—¿Qué tengo que hacer ahora? —pregunta la joven hija de Edipo—. ¿Cómo puedo impedir esta matanza familiar?

—No puedes ya impedir nada —aclara Tiresias—. Todo está escrito en el destino de tus hermanos. Cada tentativa ha fracasado. Etéocles y Polinices han ido conscientemente hacia la muerte.

—Pero si el evento no ha ocurrido aún, puedo convencer a mis hermanos a renunciar al choque —dice Antígona, que confía en poder hacer algo.

—No es posible lo que quieres hacer —dice Tiresias muy a su pesar—, porque los acontecimientos no se pueden modificar. Una vez que ocurrieron son los que el destino ha tejido. Antes quizás se puede hacer algo, como yo intenté, pero no me escucharon. Los hermanos se quedaron en el recorrido de su destino.

—Pero si lo has intentado —insiste Antígona—, quiero intentarlo también yo. Tal vez mis hermanos podrían escucharme.

—Te dije que todo es definitivo —rebate un poco irritado el profeta—. Gracias al don que me dio Zeus, tengo la capacidad de mirar los hechos, pero una vez que los he visto, si no han sido modificados antes, después de que hayan sucedido son inmodificables. Esto se debe a que los mortales no tenemos libre albedrío. El destino reina supremo. Solo un rato de reflexión antes de que ocurra el evento puede quizás cambiar algo sobre la conclusión establecida por el destino. Te repito: si el evento ya ha ocurrido, hay determinismo.

—Todo esto es absurdo —afirma desconsolada Antígona—. Así, sin libertad, sin libre albedrío, la vida no merece que sea vivida.

—No, es al margen que puedes encontrar un poco de libertad, aunque no haya libre albedrío —declara Tiresias, que pide a su hija que lo acerque a la joven hija de Edipo, para hablar de manera más eficaz con ella. Y añade—: Ahora escúchame bien, Antígona, y pon en práctica el poco libre albedrío que se nos concede. Pronto los hechos se desarrollarán como te dije. Tus hermanos se habrán matado entre sí y Creonte, tu tío, estará al mando en Tebas y querrá vengarse de la traición de Polinices y emitirá un decreto que tú no querrás respetar.

—¿Qué decreto?

—Mira, normalmente estoy al abrigo del evento y hacia dentro; en cambio, ahora el acontecimiento que te atañe está un poco lejos, puedes impedir que el destino siga su curso ahora mismo.

—Sigo sin entenderlo.

—Deseo decirte —confiesa el profeta— que tienes tiempo para ponerte a salvo junto con tu hermana Ismene.

—A salvo, ¿por qué? ¿Quién amenaza mi vida y la de Ismene? ¿Para quiénes soy un peligro?

—No en este momento. Tú eres una mujer joven, lista para casarse. No amas la guerra y la violencia, defiendes la paz, y del gobierno de la ciudad te interesan la honestidad y una política justa. Eres muy diferente a los dos hermanos guerreros. Pero mira un poco más adelante, vamos a los días del próximo choque de Tebas con la ciudad de Argos, a la que se ha dirigido tu hermano Polinices para una ayuda militar. La ciudad de Tebas está en grave amenaza, se trata de un asedio alrededor de las puertas de acceso por parte de los terribles guerreros argivos, morirán muchos jóvenes de ambos lados, es una verdadera tragedia. Al final, después de que los hermanos Etéocles y Polinices se eliminen entre sí, Tebas quedará bajo el mando de Creonte, quien declarará su victoria contra Argos. Y él mismo, auténtico caudillo, también organizará su poder con actos simbólicos y muy disruptivos. Uno de estos actos será prohibir el entierro de tu hermano Polinices y de cualquier rito funerario en su honor, porque fue traidor a Tebas. Y tú, escúchame bien, ¿qué harás? Te opondrás al decreto contra el entierro de Polinices y, desafiando su arrogancia, realizarás a solas un rito simbólico para honrar la muerte de tu hermano. Lo harás porque crees en el valor universal y divino del respeto a los muertos, que jamás puede estar condicionado por leyes humanas. El culto de los muertos está inscrito en la conciencia de cada uno de nosotros. Serás descubierta y llevada ante Creonte, quien te condenará a muerte encerrándote en una cueva para que mueras con sufrimiento y penurias.

—Es terrible lo que has representado, padre —comenta Manto, atrapada por una fuerte emoción.

Antígona cae en un silencio absoluto.

—He querido decir la realidad sin velo, porque solo en este momento existe la posibilidad de un poco de libre albedrío —aclara Tiresias—. ¿Por qué quedarse aquí, en Tebas? Con su hermana Ismene, Antígona puede salvarse huyendo y pidiendo asilo al rey de Atenas, Teseo, escapando así de una muerte segura.

—Nunca huiría de Tebas —exclama de repente Antígona, saliendo de su silencio—. Tebas es mi patria, he vivido aquí desde que era una niña y no quiero traicionar mis raíces. Me enfrentaré a cualquier situación nueva en la que me vea involucrada, incluso en una lucha mortal.

—¿Cómo es posible el libre albedrío si actuamos dentro de una cultura que nos condiciona y no nos permite pensar libremente?

—En esta elección no estoy condicionada por ninguna cultura —rebate obstinada Antígona—. Mi decisión es libre. Si mi tío Creonte se convierte en un opresor, me opondré a él con todas mis fuerzas; aunque sea mujer sé luchar por la dignidad humana.

—Pero perderás y estarás destinada a una muerte atroz y ¿para qué?

—¿Para qué? —repite Antígona, que precisa—: Para el bien de los demás, de la comunidad, de la humanidad. Se llama altruismo, como debe ser la política, una acción para la afirmación de valores universales que defiendan la dignidad humana.

—¿Incluso a costa de la vida?

—¡Sí, incluso a costa de la vida!

—¿Tú crees más en los valores colectivos o en los individuales? —pregunta Tiresias de manera bastante imperturbable.

—Creo que hay momentos en los que deben sobresalir los valores colectivos, incluso sacrificando los personales.

—No estoy de acuerdo contigo, Antígona —afirma Tiresias, que añade—: Los valores individuales no se pueden sacrificar. Tienen más importancia que los colectivos, la vida es única e irrepetible, hay que salvaguardarla y protegerla.

Estás mirando a la cara a tu hermano Polinices. El cuerpo está abandonado en un rincón de la calle ante la puerta fratricida. Los ojos están apagados. No hay más vida. Hay la nada.

Te lo dije, no puedes ayudar a nadie. Ya tu presencia aquí es suficiente para la despedida de tu hermano, es tu rito fúnebre.

Ve, ve, antes de que sea demasiado tarde. Tu interés ahora es salvar tu piel.

—¿Quién eres? —me preguntas—. No puedes ser mi conciencia, porque mi conciencia me impone salvar la muerte de Polinices.

—¿Cómo salvar? —digo yo—. Tienes que guardar tu vida, no la muerte. La muerte es la nada, es silencio. Ve, ve —te digo antes de que sea demasiado tarde.

—No, me opongo al poder tiránico de Creonte —me dices.

Pero yo insisto:

—¡Ve, ve!

—Creonte tiene que comprender que para gobernar con justicia tiene que respetar y honorar las leyes del corazón, las que están siempre inscritas dentro de nosotros. Nunca me arrepentiré —me dices.

—Ve, ve —repito—. ¿Qué estás haciendo ahora?

—Con este puñado de tierra y polvo rindo honores fúnebres a mi hermano, que por su valentía y su muerte heroica nunca será un traidor a Tebas.

—¿Te das cuenta de que lo que estás haciendo no tiene algún efecto sobre la vida? Son ideas y son creencias. Tienes que ir hacia la realidad. ¿Y sabes ahora cuál es la realidad? Es la de huir, porque serás detenida y llevada ante el rey Creonte, un caudillo, y no benévolo. Insisto, huye, Antígona.

No me escucha. Tengo que asistir al desarrollo de su destino.


—Padre, vuelve en ti. Me espantas. Las convulsiones han sido muy fuertes. No sabía cómo contenerte. Te abrazo, te beso, pero tú estás en otro lugar.

—¿Dónde está Antígona? —pregunta Tiresias apenas recupera la conciencia.

—Se ha ido tan pronto ha visto tus espasmos.

—Lo siento, podría haber hecho mucho más para ayudarla. No fui capaz. Cuando el condicionamiento de la cultura y de las ideas es muy fuerte, hay fanatismo y dogmatismo. Y el destino triunfa fácilmente. Nos queda esperar el desarrollo de los acontecimientos, que empieza con la petición de ayuda de Polinices al rey de Argos, Adrasto, y el estallido de la guerra marchando los argivos hacia las siete puertas de Tebas.

—Entonces, ¿todo lo que has visto, padre, todo lo que has vivido durante tus pesadillas tan angustiosas nunca se podrá modificar? Por lo tanto, ¿para qué sirve la profecía? Nuestra tarea es inútil.

—Sí, tienes razón, hija mía. Toda profecía parece ineficaz. ¿Sabes por qué? Porque no hay libre albedrío y todos los acontecimientos ya están determinados. No nos queda otra cosa que agachar la cabeza a la fuerza enigmática del destino.

—Padre, padre mío —grita exasperada Manto, volviendo a casa después del paseo matutino por el escaso mercado de Tebas—, todo lo que has previsto se ha verificado. Primero la guerra, después el choque fratricida entre Etéocles y Polinices, y ahora la detención de la joven Antígona, que ha sido llevada ante Creonte. Como dijiste, padre, el tirano no quiso saber nada, porque hubo un edicto suyo que fue ignorado por Antígona, la que no debería haberse permitido enterrar a Polinices, un traidor, que no merecía ningún rito funerario. Por supuesto, la joven hija de Edipo será condenada a muerte, lo que es terrible porque Antígona es una mujer valiente, que no ha tenido algún miedo en desafiar el poder político.

—Lo que yo veo no tiene tiempo, es un presente agobiante en el que no puedo hacer nada. Antes tienes que actuar. Quizás puedo hacerlo con el propio Creonte, una última tentativa para salvar la vida a Antígona. El tirano podría aún escucharme si no es demasiado tarde. —Tiresias, apoyándose en el hombro de su hija Manto, le ordena—: Llévame inmediatamente al palacio real de Creonte.

—Padre, ¿no puede ser peligroso, considerando que el nuevo rey ha tomado un perfil de dictador, de caudillo?

—¡Haz lo que te digo, no hay tiempo que perder!

La búsqueda de coherencia entre la idea y el acto ejemplar es otra pesadilla que nos aflige y no nos hace vivir. El dogmatismo es igual que decir determinismo, falta la propia autodeterminación. Y el destino avanza hacia el resultado final. Es el éxito de las Moiras.

Antígona no aceptará nunca que su dignidad sea pisoteada. En cuanto sea encerrada en la cueva, se dará la muerte.

No sé si tendré tiempo para evitar que lleven a la joven a la cueva.

Creonte se irrita cuando le anuncian que Tiresias quiere verlo. Sin embargo, ordena que entre al palacio con su hija Manto.

—¿Por qué estás aquí, Tiresias? Tú sabes que no creo en los profetas, a menudo son charlatanes. Si quieres conocer la suerte de la joven Antígona, has llegado tarde. La sentencia que emití fue una sentencia de muerte.

—¿Por qué secundas el recorrido del destino? ¿También tú eres un títere en las manos de las diosas Moiras, de Cloto, de Láquesis y de Átropos? ¿Te das cuenta de que en las elecciones no somos libres? ¿Tu decisión de prohibir la despedida de Polinices y de castigar a quien lo haga ha sido fruto del libre albedrío? Creo que no. Piensa en los condicionamientos a los que ha sido sometido tu cerebro. Por ejemplo, el dogma del amor patrio, por el cual cada traición tiene que ser castigada. Entregar a la ciudadanía una clase de severidad para que todos entiendan que es más conveniente obedecer que oponerse al poder político. Castigar la arrogancia de una mujer que se permite desafiar el poder monárquico y masculino. Dónde está, pues, la posibilidad de una opción diferente, que podría ser: abrogar pronto el controvertido decreto de vetar la sepultura para Polinices, liberar a Antígona y además permitir a tu nieta casarse con tu hijo Hemón. He aquí hechos concretos que podrían hacer pensar que tenemos un poco de libertad personal.

—¿Qué estás diciendo, viejo chocho? —estalla airado Creonte—. Alejadlo de mí.

—Espera un momento —grita el profeta—. No puedes impedirme narrarte tu futuro, quizás podrías recobrar la cordura. ¿Tu hijo Hemón sabe que has condenado a morir en una cueva a su novia Antígona? Porque no olvides que tu prisionera es la novia de Hemón, ¿verdad? Creo que aún no, pero cuando lo sepa enloquecerá y correrá rápidamente hacia la cueva, querrá liberarla, y cuando entre y la encuentre fallecida por sus mismas manos te detestará. Y llegando también tú a la cueva para salvar lo insalvable, incluso el amor de tu hijo, él te asaltará para golpearte con su espada, fallará y entonces volverá su arma contra sí mismo y se matará.

—Basta, basta ya. No quiero escuchar a este viejo maldito. Su ceguera no me ayuda, ve cosas que me duelen.

—Es la realidad que está por suceder, a menos que por un momento de sobriedad decidas dejar tu destino y en plena libertad tomar otras decisiones, como la de eliminar inmediatamente tu decreto contra el entierro de Polinices y sacar a Antígona de la cueva antes de que se suicide.

—¿De qué estás hablando, estúpido loco? Nunca dejaré de seguir mis dictados.

—Así estás desperdiciando el tiempo. No recuperas ninguna posibilidad para evitar lo que ha empezado a suceder. Como te dije, ahora tu hijo Hemón, tras conocer la condena de su novia, está corriendo hacia la cueva donde ella está encerrada, y es poco probable que la encuentre todavía con vida.

Creonte le pregunta de inmediato a un esclavo dónde está su hijo Hemón.

—Hemón, como supo que habían arrestado a su novia —responde el esclavo—, corrió a la cueva donde está encerrada Antígona.

—Maldito viejo, ¿qué debo esperar de este terrible destino?

—Puedes salvar todavía a tu esposa, Eurídice, si decides salirte del recorrido de tu destino.

—¿Por qué? ¿Qué ocurre ahora con mi mujer, la reina?

—La reina no acepta la muerte de su hijo, y te considera responsable del acontecimiento. Tampoco para ella la vida merece ser vivida sin el amor de Hemón. El recorrido de tu destino está caracterizado por todas estas muertes, es una concatenación de eventos que no eres capaz de controlar, porque es el rumbo del hilo tejido por las Moiras. Un pequeño desvío de la ruta marcada habría sido suficiente. Escúchame, Creonte. Ya todo se ha perdido. Quizás puedes salvar todavía tu vida. Pero una vez más tienes que evitar el rumbo marcado con un acto que te permite no repetir la guerra con Argos, en la que tú perderás la vida matado por el rey de Atenas, Teseo, venido en ayuda de Adrasto. Tienes que restituir los cadáveres argivos a la ciudad y al rey Adrasto. Es un acto de piedad y de humanidad y así evitas una nueva destructiva guerra.

—Lleváoslo, llevaos a este bastardo engañador —grita desesperado Creonte, y añade con voz rabiosa—: Actuad ahora antes de que lo mate aquí frente a mí.

—Padre, vamos, la situación está encendida. Arriesgamos nuestras vidas. —Manto literalmente arrastra a su padre fuera del palacio real y rápidamente lo lleva a casa.

—Creonte, no sigas a tu hijo Hemón —digo yo—. Porque está escrito en tu destino que lo sigas.

—¿Quién eres? Por qué me persigues? —me pregunta Creonte—. ¿Eres mi conciencia? Tengo que seguir mi autodeterminación. Soy hombre de poder, estoy por encima de toda moralidad, porque yo gobierno con leyes y mis elecciones. Soy un rey, el rey de Tebas, y ahora tengo que tranquilizar a mi hijo, porque pronto será él el rey de Tebas.

—Deja que tu hijo enfrente a solas la desesperación por la muerte de Antígona. No todo está perdido. Al menos que no haga él otra locura, porque la muerte es una locura. El destino de las diosas Moiras al final nos entrega la muerte, mientras para nosotros es la felicidad de la vida lo que tenemos que alcanzar.

—¿Qué es para mí la felicidad si pierdo a Hemón?

—No sigas a tu hijo —repito—. Entiende lo que te digo, si tu hijo te ve después de haber visto el cuerpo de su amada sin vida, arremeterá contra ti con la espada para golpearte, porque te considera responsable del suicidio de Antígona, colgada con cuerda en un rincón de la cueva, en la que tú has ordenado encerrarla. Tú evitarás el golpe de la espada, con la que de repente él se matará. En cambio, si dejas a tu hijo solo con su dolor, él podría paulatinamente comprender y evitar que nazca odio hacia ti.

—Me paro un momento, es bastante. Escúchame —dice Creonte—. Es impresionante cómo me estás representando el acontecimiento, incluso en los detalles, pero yo no cambio mis conductas. ¿Por qué, me preguntas? ¿Por qué, a pesar de cada evidencia, no modifico el recorrido de los hechos? ¿Quizás porque no hay libre albedrío? ¿O porque es algo imposible? Si pienso bien, pienso en Edipo, pienso en Antígona, y pienso en mí mismo, descubro que a pesar del conocimiento del porvenir todos hemos seguido haciendo lo que estaba en nuestro destino. O mejor: ¿existe un destino? Creo que no, no hay ni destino ni libre albedrío. Están solo nuestras pasiones, nuestros deseos, la testarudez de alcanzar nuestros objetivos, buenos o malos, porque toda la vida es una lucha para nuestra afirmación. Somos héroes épicos y aspiramos a la eternidad, como los dioses. Yo no sé quién me está siguiendo, si eres tú, Tiresias en persona, o solo el efecto de tu voz. Pero es bueno que tú sepas que la profesión de profeta es inútil: ¡no es provechoso conocer el propio futuro! Al fin y al cabo, no cambia nada. Los actos serán siempre los mismos, el conocimiento se convierte en un adorno triste. Yo estoy corriendo hacia mi hijo, porque estoy convencido de que él, a diferencia de lo que me representaste, no me asaltará y entenderá claramente que mi opción política de no enterrar a Polinices es una línea política correcta. Lo que nosotros imaginamos y rotundamente queremos es ser siempre más fuerte y persuasivo que cada profecía representada. Y ahora, por favor, déjame ir a cumplir mi destino.

# 5

# El último don de Zeus

—Por tanto, también Creonte decidió seguir su destino. Quiso alcanzar a su hijo Hemón en la cueva donde Antígona se había suicidado, ¿verdad, padre?

—Sí, así es —contesta Tiresias con angustia—. Creonte quiso seguir al hijo a la cueva, a pesar de otras consideraciones, y llegó allí en el momento en que Hemón había encontrado el cadáver de su novia colgado con cuerda de una pared de la cueva misma. Hemón no tuvo tiempo de superar el choque cuando vio a su padre frente a él. La reacción fue inmediata. Desenvainó la espada y la destinó en contra del cuerpo paterno, acusando al padre de ser el causante del suicidio de Antígona. Creonte tuvo el tiempo justo de evitar el golpe y decir que todo tenía una explicación. No hubo otro tiempo, porque Hemón dirigió la espada contra sí mismo y se suicidó. Los acontecimientos se precipitaron, y así, mientras Creonte quería alcanzar a su esposa al palacio real, la misma corría a la cueva y, viendo al hijo rodeado de sangre, a su vez con la espada de Hemón se hirió de muerte. A Creonte no le ha quedado otra que asistir al cumplimiento de su destino, en el que él no creía.

—Al final —observa con lucidez Manto—, Creonte logró lo que para él era vital, básico: tener el poder absoluto.

—Sí, es verdad, pero ¿por cuánto tiempo? Precisamente por su elección de mostrar altivez y descaro en el rechazo de restituir los cadáveres argivos después del choque con Argos, el rey Adrasto retomará la guerra con Tebas y se aliará con Teseo, rey de Atenas. La nueva guerra será violenta, Tebas sucumbirá y el mismo Creonte será víctima mortal en el choque directo con Teseo.

—Lo siento por Creonte —dice Manto con tristeza.

—Creonte no ha querido nunca creer en el destino, ha ido adelante con toda su fuerza, porque según él no es ni destino ni libre albedrío guiar nuestros actos. Son nuestras ideas y nuestras pasiones las que dictan el rumbo de nuestra vida. Mis profecías, mis advertencias y mis representaciones del futuro, también con detalles, no modifican los comportamientos que son consecuencia de deseos, de testarudez, de fanatismo y dogma. La historia nos enseña esto. Por eso, Manto, tenemos que abandonar nuestra profesión y dejar a los humanos con sus ilusiones, eligiendo seguir el curso de su propio porvenir.

—No, no, padre, no puedes ser tan catastrófico, mi actividad de interpretación del futuro es importante. Es diferente a lo que tú has hecho, tu profecía ha sido entrar en los hechos, verlos cómo son, y no interpretándolos. Tú eliges el sentido de la vida; yo y todos los oráculos elegimos cómo querríamos la vida, falsificada y endulzada. Ahora, sin embargo, tenemos que abandonar Tebas y buscar un nuevo lugar donde podamos vivir tranquilos, yo trabajando por necesidad material y tú entregándote a los pensamientos de tu cerebro. No obstante, te cuidaré como siempre.

—No, yo no quiero abandonar mi ciudad —explica Tiresias—. He nacido aquí y aquí deseo morir.

¿Quién soy? ¿Soy hombre o mujer? ¿O los dos géneros juntos? Tengo a una hija, de la que soy madre sin ser mujer, pero fui mujer por un breve tiempo cuando la parí.

He vivido muchos portentos, todos enigmas inexplicables. Tuve la mirada sensible, la diosa Hera me la quitó para castigarme. Zeus me entregó la mirada intelectual, con la que he sido un profeta.

Ahora no creo en nada. No soy ni profeta ni ser humano, soy un pensamiento, un deseo, una aspiración.

Quiero acabar mis días en el silencio de mi tiniebla.

La mirada sensible, los ojos físicos son bienes preciosos. El don de Zeus, del que tanto él se jactaba, ha sido un adorno inútil en mi vida. No me gusta ser profeta, entrar en lo más profundo de los pensamientos y destinos de los demás. ¿Quién soy yo para decir cómo debe ser el comportamiento de cada uno de aquellos cuyo porvenir he conocido?

A mi alrededor, solo sombras que me envuelven y me asfixian. Enigmas insolubles.

Seré recordado como el viejo ciego llamado a representar el futuro de acontecimientos extraordinarios. No quiero ser recordado como profeta, prefiero no ser recordado y tener una vida normal, sencilla, privada, cuidado por el amor de Manto.

Me falta el amor sexual, me falta el gozo sexual, la belleza de amar a una mujer.

No amo los portentos, los dioses son ilusiones. Mi madre fue una mujer extraordinaria, habría querido quedarme con ella, pero ella me apartó cruelmente.

El Olimpo es pura invención, los dioses no tienen un lugar, porque están en nuestra imaginación.

Fui hombre y luego mujer para volver a ser hombre. ¿Fue un portento o es todo fantasía? ¿Realidad o imaginación? ¿O es una realidad por sorpresa?

¿Quién soy yo verdaderamente? Fui un profeta desconocido, en mi cerebro buscaba la verdad de la historia. ¿Tiene una verdad la historia o la historia no existe? ¿Existen solo construcciones fantásticas?

¡Cuántos acertijos en mi cerebro!

No sé.

No amo a los héroes, ni tampoco amo a los valientes, a los que se creen capaces de resolver cualquier contienda, a los decididos, a los que hacen todo lo posible para destacarse.

Me gusta el hombre tímido y acogedor, que no quiere sobresalir. Amo a quien se juzga antihéroe. Amo a los débiles, a los que se hacen a un lado, a los que se rinden. Amo la duda, la incertidumbre, el no saber. Amo la inquietud de la ignorancia.

No la verdad, sino el enigma.

Todo lo que ocurre no tiene ni destino ni elección. Se presenta como un enigma al cerebro, no quiere respuesta ni consuelo, ni resolución. Se manifiesta y tú solo puedes aceptarlo.

—Mira, Zeus, tu don a Tiresias fue inútil, nunca logró modificar una sola vivencia marcada por el destino.

Hera se regodea haciendo esta consideración a su marido y hermano.

Ahora la pareja divina parece reconciliada. Tuvieron relaciones sexuales intensas y apasionadas. Zeus está satisfecho por el placer experimentado. También Hera se muestra satisfecha, aunque no quiere que se conozca la intensidad de su goce.

—Dime la verdad, Hera, ¿tu castigo respecto a Tiresias fue excesivo? Él dijo una sentencia que tú misma has experimentado que es verdadera en las relaciones sexuales conmigo. ¿Acaso tu placer no ha sido enorme, superior que el mío? No lo niegues.

—No quiero reabrir la contienda, al fin y al cabo en los asuntos sexuales tienes que guardar absoluto silencio. Ahora no hablemos más de este transexual, que me molesta solo de pensarlo.

—Pero antes tengo que decirte una última cosa sobre Tiresias —anuncia Zeus.

—Por favor, no quiero interesarme por un profeta desconocido.

—¿No prefieres saber qué quiero hacer con Tiresias después de su muerte?

—¡Por favor, no me digas que quieres darle el don de la inmortalidad! —protesta Hera—. Nada menos que traerlo aquí con nosotros al Olimpo, y que yo tenga a ese transexual siempre a mis pies.

—Sabes que no es posible conceder la inmortalidad a un mortal, aunque sea una persona honesta. No, estoy pensando en un don muy especial que haga feliz a Tiresias y sea útil para toda la humanidad, a la que le ha faltado este don hasta ahora. Por eso tengo que hablar con mi hermano Hades, porque el don debe ser autorizado por él, que es el rey del más allá, del reino de los muertos. Tengo que encontrarlo pronto.

—Te pido —grita Hera— que no permitas que Hades venga aquí al Olimpo. Es un dios triste, insoportable y neurótico. Ve tú a su reino sombrío y quédate allí por un tiempo largo. Tal vez te venga bien pasar tiempo en el reino del silencio.

—No te preocupes, mi querida, sé cómo actuar con mi hermano. No olvides que tiene una deuda conmigo por haberle permitido raptar por boda a mi hija Perséfone.

—Lo que yo nunca compartí —precisa la diosa Hera, que añade—: Fue algo terrible y vergonzoso. ¿Cómo es posible tal violación y sustraer de su madre Deméter a su joven hija? Deméter tuvo razón por enojarse tanto y negociar con él que durante el año Perséfone pudiera volver a la vida y estar un poco con su madre. La familia, mi querido, es fundamental y la base de la existencia, y no la obsesión por el gozo sexual en las relaciones entre hombres y mujeres.

—Olvidémoslo una vez más. A pesar de todo, no has comprendido la importancia del placer y no solo de la reproducción en las relaciones sexuales.

Zeus cierra así la discusión para no reabrir otra vez una pelea interminable.


—Padre, no podemos quedarnos en Tebas. Ha llegado el momento de que nos marchemos de esta ciudad para salvarnos la vida. Los epígonos, es decir, los jóvenes argivos hijos de los guerreros previamente derrotados en otra guerra se están volviendo locos matando a todos los que tienen delante por toda la ciudad de Tebas. Ya no queda ninguna defensa por parte de los guerreros tebanos, es una masacre entre comunes ciudadanos. Las mujeres en particular son atacadas y violadas.

—¿Y qué se sabe de Creonte? —pregunta Tiresias, mostrando inusual incertidumbre.

—Ha ocurrido como tú habías anunciado, ha sido matado de manera ignominiosa por el rey de Atenas. Dicen los más que no fue un héroe delante de la muerte. Imploró misericordia y pidió que lo dejaran con vida. Teseo, en cambio, se ensañó con él.

—Creonte ha destacado la parte mejor de sí mismo en este acontecimiento, la fragilidad humana, alejándose de los héroes.

—Pero ahora —insiste Manto— es importante que huyamos, como está haciendo un montón de ciudadanos tebanos, lejos de los argivos y de la violación de la guerra.

—Solo hay una buena razón para apartarnos: tú, siendo mujer, estás en peligro. Por lo tanto, vete tú. Yo me quedo aquí y si tengo que fallecer, que así ocurra, será mi destino.

—Nunca me perdonaría un acto tan vil. ¿Cómo puedes abandonar a tu padre?

—Puedes, puedes. El coraje que pone en vilo la vida es inútil y perdedor. No quiero que seas mi héroe si para ello tienes que perder la vida.

—Lo siento, padre, pero esta vez no te escucho y te obligo a seguirme.

—¿Dónde podríamos ir? Ciego y viejo soy un obstáculo en la fuga.

—Apoyándote en mi hombro cruzaremos las calles más aisladas, que ya tuve que conocer para huir, y a marchas forzadas nos dirigiremos hacia Delfos, donde pediremos hospitalidad a la profetisa Pitias. Tú, padre, mereces este lugar sagrado del dios Apolo.

—No yo, sino tú, mi querida Manto. Es destino tuyo un porvenir exitoso de profetisa y clarividente. Sin mí todo empezará ahí mismo.

—Lo que me dices me desgarra el corazón, porque me estás diciendo que pronto te perderé y tendré que seguir sola.

Yo no quiero para mí este porvenir. Yo te amo, padre, y sin ti me siento perdida. ¡Ahora, vamos!

Muchas son las dificultades que padre e hija tienen que enfrentar para alcanzar el camino de la salvación. Además, Tiresias no deja de resistirse a que la hija lo deje para poder huir más fácilmente.

Manto no se rinde, abraza a su padre cada vez más fuerte y avanza muy lentamente. El sol calienta y debilita durante el día, pero por la noche la temperatura baja y hace sufrir un frío cortante.

—Detengámonos —ordena Tiresias, agotado—, justo ahí, frente a nosotros, hay una fuente, el manantial de Telfusa. Es mi destino que dé mi último aliento aquí. Continúa tu viaje y llega a Delfos e intenta ingresar en el sistema oracular de la sacerdotisa Pitia. Apolo te ayudará porque has sido una bonita hija.

Manto está convencida. Para a su padre y lo ayuda a acercarse al manantial de Telfusa. Aquí Tiresias hunde la cabeza en el agua transparente para beber con gran avidez.

¿Qué es la muerte? La muerte es ajustar cuentas con la vida. ¿Por qué este acto administrativo cuando uno fallece? ¿No se puede fallecer y punto? Yo quiero morir tranquilo, mi muerte pertenece a la vida. Es una conclusión, un final.

No intento ajustar cuentas con la vida. Sin embargo, mi pensamiento se vincula a lo que ha sido mi vida. Pero no quiero eso.

Todos decimos que al final tenemos que ajustar cuentas con la vida. Pero no quiero eso. No me interesa.

¿La muerte está en la vida o está en el más allá? Iré de nuevo al Olimpo. Veré de nuevo a Zeus. ¿O la muerte es engaño o, más bien, mentira? Por supuesto, la muerte es engaño. Es el engaño de la vida, sutil, oculto, repentino.

¿Y la mentira? ¿Dónde está la mentira, en la vida o en la muerte? Creo que en los dos eventos. Creo, no obstante, que más en la vida.

No, ahora que voy a morir creo más en la muerte.

Ahora no sé, nunca estoy convencido de nada.

¿Quién podría contar su muerte? Nadie vuelve a la vida para contar su experiencia en el más allá. Cada uno durante su vida conserva su propia mentira. ¿Cuál ha sido la mía? Creer en la profecía, creer en los portentos, creer en la posibilidad de hacer el bien con altruismo y dedicación.

Todo es nada. Nada es la vida, nada es la muerte.

Venir a la vida y morir. Un momento y el engaño ha logrado su finalidad: la supervivencia de las especies, y nada más.

Sin embargo, tengo miedo, tengo miedo de morir. Se apaga la luz y la tiniebla me enrolla, más que mi ceguera.

Cuando la vida se apague, quedará la ausencia a mi alrededor. ¿Mi hija llorará? No sé, porque ya no estaré aquí. Sin embargo, imagino su duelo.

Ante la muerte todo se para. Es dueño el silencio.

Tengo miedo de morir, no soy héroe ni profeta. Cuando empiece la verdadera oscuridad estaré a solas, encerrado en la nada. No sabré nada. No tendré ningún milagro, Zeus no será nadie, y el archivo de mi cerebro se hará vano.

Y entiendes qué inútil fue el jadeo por los asuntos de la vida. ¿Para qué tanta angustia? Vuelve el engaño. El engaño continúa también después de la muerte.

Dirán que el profeta no puede morir, que sus enseñanzas siguen en el mundo entre las personas que las entiendan. Harán que me comunique, aunque fallecido, con los vivos, y muerto hablaré con los vivos.

Y la mentira continúa. La vida pertenece a los vivos y la muerte a la nada. No hay conexión, pero todo es imaginación y, por lo tanto, posible.

Tengo miedo a cuando la luz se apague. Es más fuerte que yo. No soy héroe. Como todos frente la muerte, hay pánico y desesperación.

Las palabras no sirven nunca y es dueño el silencio. Aquí está la verdad de la soledad. Ya no existe la especie que te motiva en la vida y te conviertes en nulidad.

Cuando vayas a morir tienes que esperar, la muerte es también una espera. Lo que se cuenta es engaño, no hay destino, sino las leyes físicas y orgánicas.

Yo moriré y me quedaré inerte, en poder de los vivos. De mí podrán hacer lo que quieran.

¿Cómo imagino que moriré en un rato? Es la fisiología del cuerpo. Mi voluntad no está nunca. No sé si sentiré un fuerte dolor. ¿Y dónde? ¿En la cabeza o en pecho? ¿Qué se parará primero, el cerebro o el corazón? No sé. Temo que tendré que sufrir mucho. Y mucho atañerá a la respiración.

Eso sí, me imagino que morir es ahogarse, es falta de aliento, primero paulatinamente y después una falta inmensa que te atormenta, te agita, te hace contorsionar como ocurre con los peces atrapados en la red que son arrastrados a la playa por los pescadores y sacados de su entorno natural, quedándose asfixiados con angustiosas contorsiones.

Tiresias muere debilitado por el largo viaje, dejándose caer en los brazos de su hija.

Está sorprendido Hades viendo a su hermano, que ha entrado en su reino.

—Zeus, ¿qué pasa? Nunca antes viniste a visitarme en el más allá. Por supuesto, algún interés erótico te empuja a hacerlo. Ya sabes que no puedo devolverte hembras fallecidas. O te alegras por ellas cuando aún están en vida, o con su muerte tus propias reglas lo prohíben.

—No, Hades —precisa garboso Zeus—. Esta vez no estoy interesado en una hembra, sino en un hombre, o mejor en un hombre que fue hembra.

—¡No entiendo! —confiesa Hades—. ¿Quién es ese transexual?

—¿No has oído nunca hablar de Tiresias?

—¿Quién? ¿El profeta desconocido y por nada jamás creído?

—¡Sí, exactamente él!

—Conozco toda la historia de Tiresias —se interpone la reina Perséfone, que añade—: Y sé por qué te preocupas mucho por él.

La intervención de Perséfone es agradecida por Zeus, que encuentra en su hija una fiel aliada para lo que va a pedir a su hermano.

—Mira, hermano, Tiresias ha muerto hace poco, ahora mismo es tu ciudadano, pero lo que voy a pedirte me pertenece a mí, al reino de los vivos.

—No me pidas su reencarnación o su inmortalidad, porque sabes que son cosas imposibles.

—No, no, él ahora te pertenece, ya te dije. Lo que quisiera es que se quedara con el don que le di cuando perdió la vista. Es el último beneficio que deseo otorgarle a un hombre digno y al que admiro mucho.

—Al fin y al cabo, ¿de dónde viene realmente tu interés por el hombre?

Zeus guarda un profundo silencio. Duda si tiene que revelar los detalles de la pelea con su esposa Hera, bien porque a Hades le interesa poco el placer sexual de los vivos, bien porque no quiere comprometer a su hija en un asunto tan importante para las mujeres en el reino de la vida, y no en el de la muerte. Prefiere andarse por las ramas.

—Fue un juez imparcial —sentencia Zeus sin añadir nada más. Y concluye—: Tiresias comprendió el sentido de la vida, y la muerte no debe anular sus calidades humanas. Te pido que él pueda, como último don, mantener su capacidad de leer el futuro, incluso después de morir, tal como lo hizo cuando estaba vivo.

—¿Qué es eso? Estás subvirtiendo nuestras reglas. ¿Qué futuro, si en mi reino no hay ni tiempo ni lugares, sino solo silencio y sombras?

—Tiresias —explica Zeus— ha muerto en Beocia, cerca de un maravilloso manantial, el de Telfusa, antes de que él y su hija Manto llegaran a Delfos. Allí en su sepultura será levantado un templo pequeño y acogedor, donde cualquiera pueda acercarse y preguntarle al profeta sobre su futuro.

—Pero si la muerte es silencio, ¿cómo lo hará Tiresias para representar su visión?

La respuesta de Zeus es sencilla.

—Tienes que conceder que él pueda hablar con el silencio.

—¿Cómo es eso posible?

Zeus no tiene tiempo de contestar porque interviene Perséfone.

—Hay un solo modo de romper el silencio de la muerte y encender un diálogo: comunicar a través del corazón. El solicitante acogerá la voz de Tiresias en su ánimo y estará convencido de la verdad sobre lo que escucha, porque le llegará desde dentro directamente, de lo más hondo de su psique.

Zeus se alegra por la agudeza de su hija y luego añade:

—Además, si alguien por tu intercesión logra aún en vida el acceso al mundo del más allá, podría encontrar a Tiresias por un responso sobre su porvenir, lo que representa para ti honor y más poder porque conectas la muerte con la vida. Es algo extraordinario. Tiresias será el profeta de la vida y de la muerte, un don más grande por mi parte no es posible.

Hades está perplejo. Mira a su hermano para comprender si habla en serio o está bromeando. Pregunta de repente:

—¿Por qué ahora te interesas por los muertos? ¿Por qué quieres conectar los dos mundos que están inexorablemente apartados e incomunicables? Vuélvete a tu reino de los vivos y déjame a mí el eterno silencio.

A Zeus le molesta la postura de su hermano Hades.

—Yo te pedí un pequeño favor, para ti insignificante. —Y volviendo su mirada hacia Perséfone, dice—: No olvides a tu esposa y qué te permití.

—Eres el vago de siempre, pero eso es todo. —Luego, como para restaurar la dignidad a su legítima esposa, le pregunta a Perséfone—: ¿Qué dices, mi reina?

Perséfone, aunque apurada por la referencia al rapto sexual permitido por su padre, contesta de manera rotunda:

—Para mí, se puede autorizar que Tiresias siga manteniendo en este reino su capacidad adivinatoria.

—Cual profeta —precisa Zeus.

—No perdamos tiempo en sutilezas —objeta Hades con sarcasmo—. Este adivino o, mejor, este profeta desconocido podrá hablar con el alma del vivo que vaya frente a su tumba para comprender su propio destino. O bien igualmente podrá interaccionar con las sombras de los muertos de mi reino, incluso con quien, autorizado por mí, llegó vivo al mundo del más allá. Cumpliendo tus solicitudes, querido hermano, pago la deuda que tenía hacia ti. Ahora mismo puedes ir y déjame con mi silencio.

—¡No, un momento! —interrumpe Zeus—. Dime qué harás en concreto, considerando que la sombra de Tiresias ya está de viaje por los lúgubres senderos de este reino.

—Pues te explico, solo para complacer a tu hija. Diremos a Hermes que en cuanto llegue la sombra del profeta lo traiga a mi presencia y la de la reina. Le explicaremos a Tiresias este don que tú has querido que se perpetúe incluso en el reino del más allá y le haremos entender qué significa hablar con el ánimo del interlocutor vivo. Además le diremos que con tu último don logrará un poder único e irrepetible, porque todo se desarrolla dentro de los arcanos psíquicos y mentales del ser humano. Se abre así una nueva frontera de conocimiento del alma humana y gracias a nosotros el cerebro podrá superar la valla que divide la vida de la muerte e imaginar lo imposible.

—Perfecto, mi querido hermano —se alegra Zeus—, te garantizo que Tiresias merece este don y estará siempre a la altura de su tarea.

—Padre, padre, ¿ahora qué haré sin ti, sin tu cariño? Todo es engaño. ¿Dónde están los portentos? Ahora necesitaba un milagro que no alejara tu cuerpo de mí. No hay oráculo, profecía para tu ausencia. Y tu ausencia es la falta del cuerpo, de lo que es físico, de lo que hace realidad la vida. Ya me falta tu ceguera, para la que yo tenía mucho cuidado. Todo me falta de ti. Tus pensamientos, tus caricias a lo largo de las líneas de mi cuerpo. Aquí será tu sepultura. Este manantial de Telfusa podría ser venerado, llegará aquí un montón de gente, de los que consultan la vida futura. Dirán que tú sigues viviendo. Pero ¿cómo? ¿En el recuerdo, en el pensamiento, en el espíritu, en el corazón? Para mí es algo inútil. Dirán que tú hablas en el silencio del alma. Sin embargo, el silencio del alma significa sombras insoportables; yo no quiero sombras, yo quiero abrazarte, padre. Me falta tu cuerpo físico. Te he amado con todo mi corazón, con todo mi cuerpo. Te he deseado, ¿he sido una hija atrevida? No importa. ¿Qué es la moralidad? ¡Son construcciones humanas! Me faltas, padre. Te quiero llamar madre. He apreciado mucho tu perfil femenino, incluso cuando has sido hombre. Te he conocido como varón. No pude estar contigo cuando eras mujer; recuerdo poco, era niña. Pero no olvido todo tu cariño materno hacia mí, tu cuidado en mis necesidades, tus mimos. Todo lo seguiste haciendo incluso cuando te volviste hombre. Mi vida tuvo sentido no por compromisos sociales y políticos proféticos, sino por tu presencia física junto a mí. Ese es el sentido verdadero de la vida, el amor diario con una persona especial. Desafortunadamente, se interrumpe esta maravillosa experiencia contigo, padre. Tener los recuerdos, decir que fue algo sublime no sirve, porque no hay nada junto a mi cuerpo. Tu cuerpo no estará nunca jamás cerca de mí. Es terrible, porque eso es así para siempre, para la eternidad. ¿De qué sirve decir que Tiresias el tebano será recordado como profeta? Preferiría que fuera desconocido pero que siguiera viviendo conmigo. La ausencia física es ineludible y yo caigo en negra desesperación. Nadie o nada podría consolarme. Todo es engaño, yo misma soy un engaño. Ilusión es la vida; una mentira, la muerte. Tras la muerte está el vacío, me falta el cuerpo de mi padre. Diferente ahora será mi vida, por supuesto sin ninguna felicidad. Porque mi felicidad se fue con mi padre. Sin el cuerpo de Tiresias yo no existo. Nunca jamás seguiré las mentiras de los que buscan consolación con el espíritu y con el alma, de los que hablan con la muerte. No hay conexión entre los dos mundos. La ausencia física de mi padre es y será el sufrimiento extremo que marcará mi vida de ahora en adelante y no quiero conocer mi destino, porque ya sé el engaño que arrolla la vida humana.

—No fui yo quien quiso que siguiera tu arte profético, incluso en este mundo donde no hay futuro y el tiempo está ausente. —La sombra evanescente de Tiresias está delante de Hades, imperturbable en su perfil de rey del más allá. Hades añade en estilo seco—: Serás alcanzado por los vivos a través del silencio de su alma, que utiliza la psique para expresar los deseos más profundos que atañen a los destinos tejidos por las diosas Moiras. Y tú contestarás, entrando en los arcanos de la vida, a través de la conexión de los ánimos, del tuyo y del de quien quiere saber. La conexión es posible porque ocurre en el silencio absoluto de la vida y de la muerte, donde está el matiz que no hace distinguir cuál sea la realidad. A corto plazo tendrás la visita muy importante de un hombre extraordinario a quien permito, aunque en vida, acercarse a nuestro reino, cruzando el límite entre la vida y la muerte. Ulises es el nombre de este hombre, te preguntará cuál es su futuro en el viaje de regreso de la guerra de Troya a su isla Ítaca. Ahora mismo ve, no hagas preguntas, Hermes te llevará donde encontrarás a Ulises.

Tiresias no tiene ningún interés por el don de Zeus, que sigue actuando también en el más allá, ni tampoco está entusiasmado por la cita con un héroe épico. Habría preferido tener noticias de su hija Manto. Cuando se fallece cada uno está a solas y son las relaciones íntimas las que solicitan en el reino del silencio.

¿Por qué un profeta no muere completamente? ¿Por qué Zeus me condena incluso cuando estoy muerto? No quise ser profeta antes, no quiero serlo ahora en el silencio de la muerte.

Los dioses son insoportables. Entregan no solo el destino que tejen, sino una fama inmortal que no deseo.

A mi alrededor vagan sombras anónimas, sin perfiles, sin fama. Son hombres y mujeres corrientes, una mayoría con vida que fue insignificante pero ojalá con privada felicidad.

La mentira aquí es el perfil, el engaño fue la búsqueda de sentido en vida. ¿Los dioses, quizás, quieren aliviar la condición del reino del más allá? ¿Crear una fianza imposible?

Yo no existo, tampoco existe el reino de Hades. El silencio de este reino es el silencio de la nada. Es la inmovilidad por falta de vida. O la vida o la nada.

En este momento, mi sombra, la que sigue a Hermes, tiene solo un consuelo, que es también una esperanza, que mi hija sigue viviendo y que seguirá viviendo el mayor tiempo posible.

Otra mentira inconcebible es este encuentro con el héroe de todos los tiempos, un superhéroe para todos. Se le ha permitido lo que está prohibido: acceder vivo al reino del más allá. El límite entre vida y muerte es insuperable por los vivos, yo estoy aquí porque he fallecido.

Ahora yo soy sombra. Estoy en el más allá. Nunca podré volver a la vida.

No hay conexión entre los vivos y los muertos. Es mentira si se dice que alguien puede entrar vivo aquí, como ocurre con Ulises. Es mentira y es engaño. Sin embargo, Ulises hace un viaje entre las sombras. ¿Por qué? Para encontrarme, porque soy el profeta que le describirá su futuro.

Ulises ha realizado muchos viajes por el mundo hasta ahora conocido. Fue impulsado por el deseo de lo ignoto. También ahora este viaje es para penetrar en lo desconocido.

La vida humana tarde o temprano se acaba, ¿qué hay en el más allá? No lo sabemos. Nos gusta imaginar un viaje a la nada. Pero la nada es nada y, sin embargo, tenemos que llenarla, ¿de qué? Un esquema que repite la vida conocida, no puede haber otra imaginación.

Y Ulises gira entre las sombras, como yo. Un vivo y un muerto que se buscan. ¿Para qué? Para conocer el futuro en un lugar sin tiempo. Conocer el futuro es útil para modificar el destino.

Vuelve mi tarea. La tarea del profeta que debería ayudar a los demás. No quiero ayudar a nadie. Estoy cansado de mi rol. ¡Basta ya!

Hermes ha desaparecido, ya no me lleva, miro a mi alrededor. Sombras, sombras, sombras. Y silencio. ¿Cómo podré reconocer a Ulises? ¿Será también él sombra, o cuerpo vivo?

—¡Te conozco, tú eres Tiresias! —Ulises está al lado de la sombra de Tiresias—. Te he buscado largo y tendido, y al final los dioses me han permitido alcanzarte en un lugar tan difícil. Aunque tú eres sombra, el perfil evanescente del que fue tu cuerpo corresponde a como se habló de ti en vida. Tú no eres un profeta desconocido, sino de gran fama. En el mundo de los vivos has logrado muchos éxitos por tus profecías, y los más dicen que lo que representas ocurre inexorablemente. El tuyo es, dicen, un don magnífico de Zeus.

—¿Y cómo explicas mi ceguera? —pregunta molesto Tiresias.

—Los más dicen que fue justamente la ceguera lo que te permitió ganar el gran don de la profecía. Para mí, verdaderamente la profecía es un don divino. Piensa, Tiresias, que me han permitido entrar al reino de los muertos para encontrarte.

El profeta ahora guarda silencio. ¿Es la ceguera, que sigue persistiendo incluso con la muerte, la que describe a Ulises como sombra y no como cuerpo vivo o bien es Ulises quien tomó las líneas de las sombras por cruzar el límite del más allá?

No es sencillo el esquema de un mundo inexistente.

—Sin embargo —objeta Tiresias—, cada vez que he profetizado la tejedura del destino, nunca jamás fui creído. Siempre he estado convencido de que la profecía no sirve para nada, necesita que alguien aproveche el presente, viva el presente, goce el presente. Como es inexistente el futuro en este mundo de las sombras, así igualmente tiene que ser el futuro en el mundo de los vivos. Es una estúpida ilusión creer que sea posible conocer el futuro y poder intervenir para su modificación. Cuando el recorrido del destino arranca no se puede parar. Por eso tu petición de encontrarme es malgastar el tiempo. Deja este mundo de tinieblas y vuelve entre los vivos.

—Tu escepticismo me desconcierta —confiesa Ulises—. Estoy acostumbrado a mirar hacia delante y no detenerme frente al presente. Tenía muchas ganas de este encuentro contigo, necesitaba confrontarme con un profeta de gran fama para comprender mi futuro cercano, habiendo pasado mucho tiempo fuera de mi isla. Ahora no puedes traicionarme cuestionando todo.

—Ahora mismo tú me dirás —revela Tiresias, con ironía— que contigo será diferente. Me dirás que te ayude a entender más tu vida. Me dirás que cualquier cosa que te diga por ti será creída, porque lo que yo profetizo llega del más allá y que yo hablo con el corazón y la inteligencia. Me dirás que igualmente así habría debido ocurrir en el mundo real de la vida. ¡Bulos, solo bulos! La vida, como la muerte, está llena de bulos.

—¿Tal vez es un bulo conocer qué me espera cuando regrese a Ítaca? —se defiende Ulises—. Mi objetivo es regresar a Ítaca, recuperar el control de la isla, reunirme con mi esposa, Penélope, y mi hijo, Telémaco, a quienes no veo desde hace veinte años. Haré todo lo posible para lograr mi objetivo. No me rindo si tengo que pelear, pero siempre después de haber planeado la acción. Y conocer el futuro ayuda porque se elige el camino correcto y no el marcado por la pasividad del destino.

—Tendría que describirte un futuro que ya está escrito dentro de ti. Parecerá que tú lo determinas, con libre albedrío, pero no es así. Todas tus elecciones están ligadas a cómo eres, a tus deseos, a tu carácter, a tus pasiones. Te parece que eres libre en tus elecciones, pero en realidad estás condicionado por cómo estás hecho. No necesitas que yo te diga qué hacer cuando alcances tu isla Ítaca, no necesitas que yo te diga cómo organizar el asalto para derrotar a los jóvenes pretendientes, tampoco cómo hacerte reconocer por tu esposa, Penélope, después de veinte años de ausencia; no, porque tu elección de estrategia ya está prevista por tu ardid que te hace parecer que estás actuando en total libertad. No, tú necesitas que te diga cómo será tu vida después, qué ocurrirá en tu cerebro y en tu psique. Porque hasta que eres un héroe que tienes que enfrentarte contra fuerzas exteriores todo es más fácil; en cambio, si tu enemigo está dentro de ti, estás perdido.

—No entiendo lo que me estás diciendo. —Ulises ahora parece verdaderamente asustado, como nunca antes—. Los enemigos están siempre fuera de mí, y son ellos a quienes tengo que enfrentar. Circulan rumores entre los marineros, que me informan de que los pretendientes son dueños de mi casa, siguen amenazando la promesa de mi esposa; mi joven hijo Telémaco, de hecho, es prófugo. Esta es la situación que tiene que ser desenredada. Y tu profecía sobre mi porvenir me podría ser de ayuda.

—Te repito, no para esta parte de tu vida, hecha de lucha y de agresivo heroísmo, sino para el después, cuando el enemigo estalla dentro de ti, cuando serás más un antihéroe en tu vida privada que un héroe como serás recordado en la historia. Te harán símbolo del ingenio humano. Serás definido como un genio multiforme, por tus capacidades de hallar soluciones para cada problema, algo que te representa más semejante a los dioses. Pero nadie sabrá nunca qué pasa cuando, de vuelta a Ítaca y reconquistado el poder, te encuentras dentro de ti.

—A ciencia cierta yo ya estoy dentro de mí, y no he encontrado ningún enemigo.

—Escucha bien, entonces, lo que te digo y te represento. Con mucha estrategia tú prepararás la vuelta a Ítaca, buscarás aliados para el asalto a los pretendientes, llamarás a tu hijo Telémaco, serás reconocido por tu fiel perro Argos, lo que entenderás como un buen auspicio, y por tu porquero y sirviente Eumeo. Tu esposa estará a oscuras de todo, y entrarás a tu casa como extranjero mendigo y harás matanza de los jóvenes usurpadores con tu arco y las flechas, inmediatamente después de la provocación de fuerza por la curvatura del arco. Al final de este baño de sangre tienes que hacerte reconocer por tu esposa, Penélope. Te reconocerá pronto tu nodriza Euriclea por una cicatriz de herida juvenil de caza, y Penélope te pedirá, para identificarte como su esposo después de veinte años, la señal de vuestro amor en la cama imperecedera. Hasta aquí todo bien, un regreso a tu casa difícil y violento. Sangriento. Ahora escucha la secuela, la que te debe interesar y mucho. Penélope te reconoce, tiene fe en ti, está lista para acostarse contigo en la cama sagrada. Entre las sábanas fielmente preparadas por

Euriclea, vuestros dos cuerpos buscan la antigua llama del amor. Son dos cuerpos marcados por una ausencia de veinte años, un tiempo largo para no coger los cambios físicos. Los cuerpos buscan emociones que están paradas en el tiempo. La mujer no reconoce tu dulzura, y tú no reconoces la pasión impetuosa de Penélope, o por lo menos sientes la distancia de los placeres sexuales probados en muchas relaciones con mujeres encontradas a lo largo de tus viajes. Te preguntarás: «¿Dónde está el salvaje y vibrante abrazo de Circe? ¿Dónde la sumisión virgen de Nausícaa? ¿Dónde el encanto infinito del joven y seductor cuerpo de Calipso?». Mientras tanto, tu esposa Penélope intenta apartarse de tu abrazo diciéndote: «¡Me haces mal! Tengo dolor, tu penetración en el pasado no fue nunca tan violenta. No te reconozco, eres insoportable». Y se va de la cama y se hace consolar por la nodriza Euriclea. Y tú le gritarás que ella no es su esposa, a la que tuviste en tu corazón durante todos los años de la guerra de Troya y los viajes para regresar a Ítaca. Le dirás: «Te has convertido en una mujer fría y sin pasiones».

—Lo que me estás representando es muy triste y desalentador —exclama Ulises, que añade—: ¡Nunca seré como me describes!

—Mira, tampoco me crees. Te garantizo que este comportamiento es por el enemigo que tenemos dentro. El tiempo envejece, y la vejez es un enemigo cruel e inexorable. Las pasiones no son nunca las mismas y el deseo sexual mengua. Las parejas se convierten en lugares marcados por la indiferencia y el vacío de intereses. El pasado se desvanece y hay la nada.

—No, no ocurre así. Yo he luchado siempre porque, a pesar de cualquier condición, podría volver a mi patria, a Ítaca, y a mi familia, a mi esposa y a mi hijo, que dejé siendo un niño. Nada hasta ahora me pudo parar, y así será por los próximos días. He querido encontrarte para ser ayudado en mi regreso y no para que el profeta me describiera un fracaso en mi vida privada. Nunca sería un antihéroe, como tú llamas a los individuos anónimos, sin coraje. Ulises nunca será cualquier persona anónima sin coraje. Yo creo en la familia y en el amor fiel de mi esposa. Y mi esposa me espera obstaculizando a los pretendientes, que quieren ocupar mi puesto de mando. ¿Cómo puede ocurrir que una vez alcanzado nuestro objetivo de unirnos nos peleemos como cualquier pareja? ¿Cómo es posible que mi amada Penélope, tan deseada durante mi exilio lejos de Ítaca, no esté a la altura de mis expectativas? El amor verdadero no puede ser atacado por el tiempo y no hay enemigo que me pueda apartar de mi esposa y de mi hijo. Como has descrito en la primera parte de tu profecía, seré violento con los pretendientes haciendo una matanza, para defender a mi familia. Estoy seguro de que mi cama, construida sobre un árbol con raíces hondas, acogerá dos cuerpos que se estrechan con fuerte pasión para un coito de gran placer. Y aunque durante mis viajes he amado a otras mujeres, esto ha ocurrido para defenderme y construir mi regreso a Ítaca. Seré siempre recordado como un fiel amante que nunca jamás traicionó a su esposa y al que nadie ni nada podría hacerle menguar la pasión, tampoco el tiempo que nos trae la vejez.

—Tengo que añadir aún que luego de la primera noche, en la que se revelará la verdad de tu regreso a Ítaca, con el gran fracaso de la relación sexual, tu esposa no querrá nunca acostarse contigo en la cama, diciendo que necesita más tiempo para acostumbrarse a convivir contigo, por seguir sin reconocer al marido de veinte años atrás. Durante el día pocas serán las palabras entre vosotros; tú no contarás hechos de la guerra de Troya, ni hechos extraordinarios de los viajes, y tampoco Penélope te dará cuenta de lo que intentaron los pretendientes en el palacio real. Después de veinte años de separación, esta continúa durante vuestra vida diaria. Pocos serán los enfrentamientos, seguiréis siendo dos perfectos desconocidos. Ni cariño ni caricias en la pareja. Vuestro hijo Telémaco tendrá una vida aislada y extranjera. Tú intentarás seducir más veces a Penélope, pero sin éxito. Y después de cada intento sin éxito, le dirás palabras ofensivas a tu esposa.

—Nunca jamás haría una cosa semejante. Mi esposa es digna del máximo respeto, me esperó fielmente y yo le estaré agradecido siempre.

—Ahora lo dices, pero no será así en tu vida privada. Cuando estás dentro, el comportamiento será como te describí.

—No puede ser. Soy un ejemplo y es fundamental el respeto hacia las mujeres.

—La vida ordinaria te modifica, como te cambia la llegada de la vejez.

—Nadie y ninguna cosa podría hacerme cambiar, tampoco la vejez.

—Ah, sí, ¿me dices dónde pasarás tus años de vejez?

—¿Dónde si no? En mi isla junto con mi esposa.

El enfrentamiento empieza a asustar a los dos interlocutores. Tiresias quiere acabar el encuentro con Ulises.

—Ahora te represento la última parte de tu vida y luego me voy, terminando mi tarea contigo. A ciencia cierta, tu intención de regresar a Ítaca es la de quedarte allí con tu esposa y tu hijo. Tu deseo es pasar tu vejez junto con tu mujer, Penélope, también ella vieja; dejar el poder del gobierno a tu hijo, Telémaco, y terminar los días de tu vida en serenidad y feliz de tu pasado de héroe. Así piensas, este es el proyecto de tu vida después de los grandes días épicos. Pero así no será. Tomando la costumbre privada e individual de hombre normal en tu casa, encuentras un disgusto insoportable. Te daña la monotonía, la indiferencia sexual de Penélope te asusta, no tienes el coraje de pedir sexo a tu esclava. Tu única alegría es estar con unos compañeros de los antiguos viajes y recordar el tiempo heroico de las miles de aventuras por el mundo después de la caída de Troya. ¿Qué hacer? ¿Traicionar los valores de la familia y de la patria y volver a viajar libre por el mundo para hacer nuevos descubrimientos y experimentar nuevas relaciones sexuales con mujeres jóvenes y seductoras, o bien envejecer en tu isla en soledad y con desesperación, sin interés ni alegría sexual, cerrando tu vida con trastorno mental y miserable? Cualquiera que sea tu elección, te parecerá consecuencia de tu libre albedrío, pero no será así, porque cada uno de nosotros está empujado por sus pasiones, por sus deseos; es nuestra psique, y no el cerebro, quien nos guía. No te diré cuál será tu elección, si te quedas en la isla viviendo tu vejez y con soledad o renovarás tu errar por el mundo. Al fin y al cabo, no interesa lo que harás, porque tu destino está fijado, pero como siempre es un montaje. Porque la verdad es que no se es héroe cuando alguien cumple algo extraordinario, sino cuando lo es en la vida normal y privada de cada día. Es en la intimidad donde expresamos lo que somos sin engaño y sin mentiras. Y lo que somos caracteriza nuestras elecciones, a pesar de hermosas palabras sobre nuestra libertad por el bien de la humanidad. Nosotros buscamos la felicidad individual y haremos de todo para alcanzar no la libertad, sino la satisfacción del placer, para empezar del sexual. Ahora no hay necesidad de que me digas algo en referencia a lo que te dije. Ahora mismo yo me voy, te lo he dicho todo de la profecía que estaba lista para ti. Si no tienes preguntas, nos alejamos para siempre.

—No, por favor —dice Ulises trastornado—, tengo aún una pregunta. ¿Dónde puedo hallar la sombra de mi madre?

Tiresias no contesta, piensa en su deseo de tener consigo a su hija Manto, pero ya es de nuevo un soplo evanescente en el silencio de la muerte.

# Índice